巴金散文系列

静夜的悲剧

山东画报出版社
济南

图书在版编目（CIP）数据

静夜的悲剧/巴金著. —济南：山东画报出版社，2023.4
（巴金散文系列）
ISBN 978-7-5474-4228-9

Ⅰ. ①静… Ⅱ. ①巴… Ⅲ. ①散文集－中国－现代 Ⅳ. ①I266

中国国家版本馆CIP数据核字(2023)第045758号

JINGYE DE BEIJU
静夜的悲剧
巴　金　著

巴金故居策划

责任编辑　怀志霄
装帧设计　蔡立国

主管单位　山东出版传媒股份有限公司
出版发行　山东画报出版社
社　　址　济南市市中区舜耕路517号　邮编　250003
电　　话　总编室（0531）82098472
市场部（0531）82098479
网　　址　http://www.hbcbs.com.cn
电子信箱　hbcb@sdpress.com.cn
印　　刷　山东临沂新华印刷物流集团有限责任公司
规　　格　130毫米×185毫米　32开
5印张　4幅图　5.47千字
版　　次　2023年4月第1版
印　　次　2023年4月第1次印刷
书　　号　ISBN 978-7-5474-4228-9
定　　价　32.00元

1946年，巴金、萧珊夫妇与女儿小林摄于上海江湾

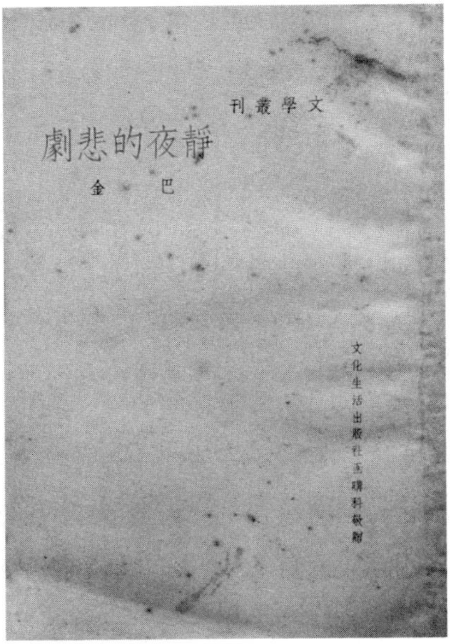

《静夜的悲剧》1948年9月初版书影

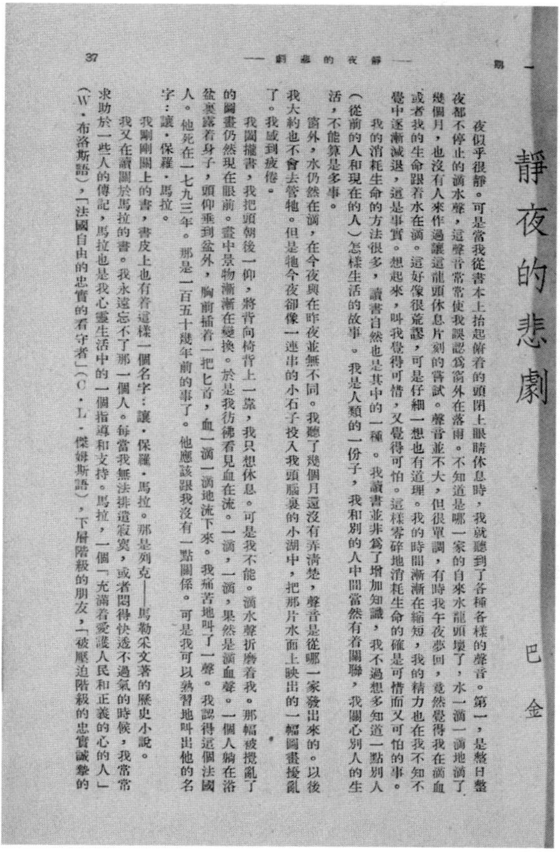

靜夜的悲劇

巴金

夜似乎很靜。可是當我從書本上抬起俯着的頭閉上眼睛休息時，我就聽到了各種各樣的聲音。第一，是整日整夜都不停止的滴水聲，這聲音常常使我誤認爲窗外在落雨。不知道是哪一家的自來水龍頭壞了，水一滴一滴地滴了幾個月，也沒有人來作過讓這龍頭休息片刻的嘗試。聲音並不大，但很單調，有時我午夜夢回，竟然覺得我在滴血或者我的生命跟着水在滴。這好像很荒謬，可是仔細一想也有道理。我的時間漸漸在縮短，我的精力也在我不知不覺中逐漸減退，這是事實。想起來，叫我覺得可惜，又覺得可怕。這樣零碎地消耗生命的確是可惜而又可怕的事。

我的消耗生命的方法很多，讀書自然也是其中的一種。我讀書並非爲了增加知識，我不過想多知道一點別人（從前的人和現在的人）怎樣生活的故事。我是人類的一份子，我和別的人中間當然有着關聯，我關心別人的生活，不能算是多事。

窗外，水仍然在滴，在今夜與在昨夜並無不同。我聽了幾個月還沒有弄清楚，聲音是從哪一家發出來的。以後我大約也不會去管牠。但是牠今夜卻像一連串的小石子投入我頭腦裏的小湖中，把那片水面上映出的一幅圖畫擾亂了。我感到疲倦。

我闔攏書，我把頭朝後一仰，將背向椅背上一靠，我只想休息。可是我不能。滴水聲折磨着我。那幅被攪亂了的圖畫仍然現在眼前。畫中景物漸漸在變換。於是我彷彿看見血在流。一滴，一滴，果然是滴血聲。一個人躺在浴盆裏露着身子，頭仰垂到盆外，胸前插着一把匕首，血一滴一滴地流下來。我痛苦地叫了一聲。我認得這個法國人。他死在一七九三年。那是一百五十幾年前的事了。他應該跟我沒有一點關係。可是我可以熟習地叫出他的名字：讓·保羅·馬拉。

我剛剛闔上的書，書皮上也有着這樣一個名字：讓·保羅·馬拉。那是列克——馬勒朵文著的歷史小說。

我又在讀關於馬拉的書。我永遠忘不了那一個人。每當我無法排遣寂寞，或者悶得快透不過氣的時候，我常常求助於一些人的傳記，馬拉也是我心靈生活中的一個指導和支持。馬拉，一個「充滿着愛護人民和正義的心的人」（W·布洛斯語），「法國自由的忠實的看守者」（C·L·傑姆斯語），下層階級的朋友，「被壓迫階級的忠實誠摯的

《静夜的悲剧》一文1947年10月《中国作家》第1卷第1期初刊

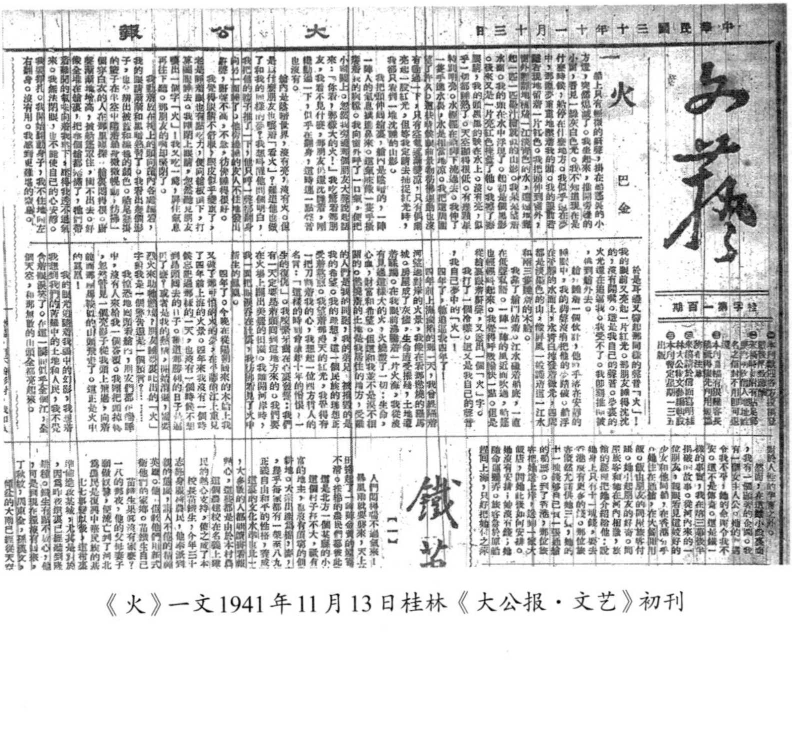
中華民國三十年十一月十三日

大公報

文藝

火

巴金

《火》一文1941年11月13日桂林《大公报·文艺》初刊

出版说明

本书收作者1939—1946年间所写的散文，其中有三篇是关于法国大革命的随笔。作者说："我是人类的一份子，我和别的人中间当然有关联，我关心别人的生活，不能算多事。"（见《静夜的悲剧》一文）这大约能看出作者写这文章的初衷。

本书作为作者主编的文学丛刊第九集之一种，由文化生活出版社1948年9月初版。全书《月夜鬼哭》加上后来增补的《无题》一篇修订后收入《巴金文集》第十卷（人民文学出版社1961年10月版），《静夜的悲剧》一文收入《巴金文集》第九卷（人民文学出版社1959年10月版）；全书又收入《巴金全集》第十三卷（人民文学出版社1990年4月版）。

原书共将文章分为两辑编排，此次据《巴金全集》目次（与初版本略有不同）和文本排印，个别文字和用法仍保持原貌，并未根据当下编校规范修改和统一。附录部分为本书编者所增，为作者同一时期所写的其他文章，有助于读者了解作者当时的观点和主张。

目　录

静夜的悲剧

附　录

静夜的悲剧

无　题*

在日本投降后一个半月，今天，说是修理锅炉，这里全市停电。早晨下过一阵雨，傍晚天气骤然转寒，我踏着微湿的马路，到某街去访友。天空一片黑，两旁店铺里的灯光照不亮宽阔的人行道。我走在寥寥的行人

* 本篇最初发表于一九四六年一月一日《少年读物》第二卷第一期复刊号。

中间；单薄的衣衫抵不住冷风的袭击，我接连打了两个寒噤。“秋天真的来了，”我低声说。我受不住这冷静，我想用人声来给这周围添一点温暖。没有用，我这微弱的声音冲不破眼前的静寂和阴暗。

我转到所谓“精神堡垒”，在那个广场上正摊开一片寒冷和荒凉。人们埋着头匆匆走过，我只看见一些黑影。他们显得多么瘦小，多么孤单。

我在一个街口站住了。我忽然想起，这里正是我一个半月前看人们狂欢时站的地方。不止一次，不止一天，人们围聚在这里，笑着，叫着，跳着，闹着，小孩跟着吉普车跑，大人举起手欢呼。我也曾跟着他们欢笑过。但是现在，今天，在这个停电的暗夜里，我找不到笑声了。那些人，那些欢笑到哪里去了呢？

“先生，我们是从桂林逃难来的……”一个老太婆用痛苦的声音说，一只枯瘦的手伸到我面前来了。

我把手伸进长衫袋里去，一张钞票也没有。我只好坦白地摇摇头说：“没有。”

“先生，我们是从桂林逃难出来的……”她仍旧伸着手，说着重复的话。我没法打发她走，我只好自己逃开了。

我看见了亮光，我听见了人声！

“相因卖，相因卖，五百块钱……三百块钱……一百块钱……”

电石灯的臭味随着寒风扑到我的鼻端来。从那些带笑的嘴唇里发出了哀叫似的声音。一个大肚皮的女人坐在矮凳上，用沉滞的目光望着她面前一堆卖不出去的东西。

“你哪天走？”我旁边一个人在问他的朋友。

“走不了。船票哪有我们老百姓的份！”另一个人回答。

“想办法罢。当黄鱼行吗？”

“我有个亲戚当黄鱼，上了船给人抓下来了。”

“你还好，你走不了，在四川多住几个月，也不愁没有饭吃。我下个月再走不动，那就要饿饭了。想不到胜利就是这么一回事。”

这句话有点刺耳。我转过头去看那个说话的人。那是一张普通的面孔，高颧骨，小眼睛，脸色青白。我的眼光投到他的脸上，他吃了一惊，立刻把身子让开，站到另一个地方去了。

我是在做梦么？才只一个半月！这么短的时间！怎么一切全变了？那些天我的心多么暖！今夜，我的身子在寒风中打颤了。

我到了友人家。男主人正在颤摇的烛光

下向一位客人发议论。

“……胜利只是一个开始，它并不是结束。它并没有给我们解决一切的问题，而且它给我们带来了更多的问题。现在决不是应该欢笑的时候……”

我进门后便听到这样的话。

1945年9月30日在重庆。

黑　土*

乔治·布朗德斯[1]在他的《俄罗斯印象记》[2]的末尾写过这样的话：

黑土，肥沃的土地，新的土地，百

* 本篇最初发表于一九三九年六月十六日《宇宙风》第八十期。

① 乔治·布朗德斯（G. Brandes，1842—1927）：丹麦文艺批评家。

② 指英译本，一八八九年伦敦版。

谷的土地……给人们心中充满了悒郁和希望的广阔无垠的原野……

我只记得这两句，因为它们深深地感动了我。我也知道一些关于黑土的事。

我在短篇小说《将军》里借着中国茶房的嘴说了一个黑土的故事：一个流落在上海的俄国人，常常带着一个小袋子到咖啡店去，“一个人坐在角落里，要了一杯咖啡，就从袋子里倒出了一些东西……全是土，全是黑土。他把土全倒在桌上，就望着土流眼泪”。他有一次还对那个中国茶房说：“这是俄罗斯母亲的黑土。”

这是真实的故事，我在巴黎听见一个朋友对我讲过。他在那里一家白俄的咖啡店里看见这个可感动的情景。我以后也在一部法国影片里见到和这类似的场面。对着黑土垂泪，这不仅是普通怀乡病的表现，这里面应该含着深的悒郁和希望。

我每次想起黑土的故事，我就仿佛看见：

那黑土一粒一粒、一堆一堆地在眼前伸展出去，成了一片无垠的大草原，沉默的，坚强的，连续不断的，孕育着一切的，在那上面动着无数的黑影，沉默的，坚强的，劳苦的……

这幻景我后来也写在小说《将军》里面了。我不是农人，但是我也有对土地的深爱；我没有见过俄罗斯黑土，不过我也能了解对黑土垂泪的心情。沉默的，肥沃的，广阔无垠的，孕育着一切的黑的土地确实能够牵系着朴实的人的心。我可以想象那两只粗大的手一触到堆在沾染着大都市油气的桌面上的黑土，手指一定会触电似地颤动起来，那小堆的黑土应该还带着草原的芬芳罢，它们是从“俄罗斯母亲”那里来的。

不错，我们每个人（不管我们的国籍如何）都从土地里出来，又要回到土地里去。我们都是土地的儿女。土地是我们的母亲。

但是我想到了红土。对于红土的故事我是永不能忘记的。在我的文章里常常有“耀眼的红土”的句子。的确我们的南方的土地给我的印象太深了。我一生中最快乐的日子（可惜非常短促）就是在那样的土地上度过的。

土的颜色说是红，也许不恰当，或者实际上是赭石，再不然便是深黄。但是它们最初给我的印象是红色，而且在我的眼前发亮。

我好几次和朋友们坐在车子里，看着一座一座的小山往我们的后面退去。车子在新的、柔软的红土上面滚动。在那一片明亮的红色上点缀着五月的新绿。不，我应该说一丛一丛的展示着生命的美丽的相思树散布在我们的四周。它们飘过我的眼前，又往我身后飞驰去了。茂盛的树叶给了我不少的希望，它们为我证实了朋友们的话；红色的土壤驱散了我从上海带来的悒郁。我的心跟着车子的滚动变得愈年轻了。朋友们还带着乐观不住地讲述他们的故事。我渐渐地被引入另一个境界里去了，我仿佛就生活在他们的故事中间。

是的，有一个时候，我的确在那些好心的友人中间过了一些日子，我自己也仿佛成了故事中的人物。白天在荒凉的园子里草地上，或者寂寞的公园里凉亭的栏杆上，我们兴奋地谈论着那些使我们的热血沸腾的问题。晚上我们打着火把，走过黑暗的窄巷，听见带着威胁似的狗吠，到一个古老的院子去摧油漆脱落的木门。在那个阴暗的旧式房间里，围着一盏发出微光的煤油灯，大家怀着献身的热情，准备找一个机会牺牲自己。

但是我们这里并没有正人君子，我们都不是注重形式的人。这里有紧张的时刻，也有欢笑的时刻。我甚至可以说紧张和欢笑是常常混合在一起的。公园里生长着许多株龙眼树，学校里也有。我们走过石板巷的时候，还看得见茂盛的龙眼枝从古老院子的垣墙里垂到外面来。我见过龙眼花开的时候，我也见过龙眼果熟的时节。在八月里我们常常爬到树上摘下不少带果的枝子，放在公园凉亭的栏杆上，大家欢笑地剥着龙眼果吃；或者走在石板巷里我们伸手就可以攀折一些龙眼枝，一路上吃着尚未熟透的果实。我们踏着长春树的绿影子，踏着雨后的柔软的红土，嗅着牛粪气味和草香，走过一些小村镇，拜望在另一个地方工作的友人。在受着他的诚挚的款待中，我们愉快地谈着彼此的情况。

有一次我和另一个朋友在大太阳下的红土上走了十多里路，去访问一个友人的学校。我们的衬衫被汗水浸透了，但是我们不曾感到丝毫的疲倦。我们到了那个陌生的地方，新奇的景象使我们的眼睛忙碌，两三小时的谈话增加了我的兴奋。几十个天真孩子的善良的面孔使我更加相信未来。在这里我看见那个跟我分别了两年的友人。她已经改变得多了。她以工作的热心获得了友人的信赖。她经过那些风波，受过那些打击，甚至寂寞地在医院里躺了将近一年以后，她怀着一颗被幻灭的爱情伤害了的心，来到这个陌生的地方，在一群她原先并不认识的友人中间生活了一些时候，如今却以另一种新姿态出现了。这似乎是奇迹。但是这里的朋友都觉得这件事情很平常。是的，许多事情在这个地方都成为平常的了。复杂的关系变成简单。人和人全以赤诚的心相见。人了解他（或她）的朋友，好像看见了那个人的心。这里是一个和睦的家庭，我们都是兄弟姊妹。在欧洲小说中常常见到的友情在南国的红土上开放了美丽的花朵。

在这里每个人都不会为他个人的事情烦心，每个人都没有一点顾虑。我们的目标是“群”，是“事业”；我们的口号是“坦白”。

在那些时候，我简直忘掉了寂寞，忘掉了一切的阴影。个人融合在群体中间，我的“自己”也在那些大量的友人中间消失了。友爱包围着我，也包围着这里的每一个人。这是互相的，而且是自发的。因为我是从远方来的客人，他们对我特别爱护。

我本来应该留在他们中间工作，但是另

一些事情把我拉开了。我可以说是有着两个“自己”。另一个自己却鼓舞我在文字上消磨生命。我服从了他，我写下一本、一本的小说。但是我也有悔恨的时候，悔恨使我又写出一些回忆和一些责备自己的文章。

悔恨又把我的心牵引到南方去。我的脚有时也跟着心走。我的脚两次、三次重踏上南国的红土。我老实说，当那鲜艳的红土在无所不照的阳光下面灿烂地发亮的时候，我真要像《东方寓言集》里的赫三那样跪下去吻那可爱的土块。①我仿佛是一个游子又回到慈母的怀中来了。

现在我偷闲躲在书斋里写这一段回忆。我没有看见那红土又有几年了。我的心至今

---

① 见《东方寓言集》里的《赫三怎样落了裤子》。《东方寓言集》一名《猪的故事》，俄国陀罗雪维支著，胡愈之译，上海开明书店出版。

还依恋着那个地方和那些友人。每当这样的怀念折磨我的时候，我的眼前就隐约地现出了那个地方的情景。红土一粒一粒、一堆一堆地伸展出去，成了一片无垠的大原野，在这孕育着一切的土地上活动着无数真挚的、勇敢的年轻人的影子。我认识他们，他们是我的朋友。我的心由于感动和希望而微微地颤抖了。我也想照布朗德斯那样地赞叹道：

> 红土，肥沃的土地，新的土地，百谷的土地……给人们心中充满了快乐和希望的广阔无垠的原野……

我用了“快乐”代替布朗德斯的“悒郁”，因为时代不同了，因为我们南方的青年是不知道“悒郁”的。

但是在那灿烂的红土上开始出现了敌人

铁骑的影子了。那许多年轻人会牺牲一切，保卫他们的可爱的土地。我想象着那如火如荼的斗争。

有一天我也会响应他们的呼唤，再到那里去。

1939年春在上海。

南国的梦

一个星期来许多报纸上关于鼓浪屿的记载使我想起一些事情。我好久不曾听见那个地名了，我以为我已经忘记了它。这半年来我忘记了许多事情，我也做过不少的噩梦。在梦里我不断地挣扎，我和一切束缚我的身体的东西战斗。梦魇常常压得我不能够动弹。我觉得窒闷。最近一连三四个月，我就做着闷得人透不过气来的梦。……

鼓浪屿这个地名突然冲破梦的网出现了。它搅动了窒闷的空气。……我现在记起那个日光岩下的岛屿，我记起一些那里的景象和住在那里的朋友。我记起我从前常常说到的“南国的梦”。

我第一次去鼓浪屿，是在一九三〇年的秋天。当时和我同去的那位朋友今天正在西北的干燥的空气里，听着风沙的声音，他大概不会回忆南国的梦景罢。但是去年年底在桂林城外一个古老的房间里，对着一盏阴暗的煤油灯，我们还畅谈着八九年前令人兴奋的旅行。我们也谈到厦门酒店三楼的临海的房间。

当时我和那位朋友就住在这个房间里。白天我们到外面去，傍晚约了另外两三个朋友来。我们站在露台上，我靠着栏杆，和朋友们谈论改造社会的雄图。这个窄小的房间似乎容不下几个年轻的人和几颗年轻的心。我的头总是向着外面。窗下展开一片黑暗的海水。水上闪动着灯光，飘荡着小船。头上是一天灿烂的明星。天没有边际，海也是。在这样伟大的背景里，我们的心因为这热烈的谈论而无法安静下来。有一次我们抑制不住热情的奔放，竟然匆匆地跑下码头，雇了划子到厦门去拜访朋友。

划子在海上飘动，海是这样地大，天幕简直把我们包围在里面了。坐在小小划子里的我们应该觉得自己是如何地渺小罢。可是我们当时并没有这样的感觉。我一直昂起头看天空，星子是那样地多，它们一明一亮，似乎在眨眼，似乎在对我说话。我仿佛认识它们，我仿佛了解它们的语言。我把我的心放在星星的世界中间。我做着将来的梦。

这是南国的梦的开始。我在鼓浪屿住了

三天，便在一个早晨坐划子把行李搬到厦门去，搭汽车往前面走了。

美丽的、曲折的马路，精致的、各种颜色的房屋，庭院里开着的各种颜色的花，永远是茂盛和新鲜的榕树……还有许多别的东西，鼓浪屿给我留下的印象是新奇。我喜欢这种南方的使人容易变为年轻的空气。

在一个古城里我们住下来。我在改建后的武庙里住了一个月光景。我认识了一些朋友，也了解了一些事情。在那里一间古老的小楼中，我发烧到一百零二度以上，但是我始终没有倒下去。我反而快乐地帮助朋友料理一个学校的事情。在这个学校里我第一次会见那个后来被我们戏称为“耶稣”的友人。他喜欢和年轻的学生在一起，他常常和他们谈话四五个钟点不间断。他诚恳地对他们谈着世界大势和做人的态度。他在这个学校教书，同时还在另一个校址在文庙的中学兼课。他比我迟两三天来到古城，我和他见面的时间并不多。我们分别的时候，我记得他穿着蓝色西装上衣和白色翻领衬衫，服装相当整齐，他可以被称为漂亮的青年。

两年后的春天里，在上海“一·二八”战争结束以后，我搬出我留在闸北的余物，寄放在亲戚的家中，便和一个年轻的友人同路再作南国的旅行。

我又来到鼓浪屿了。两年的分别使我看不出它有什么改变。我和年轻朋友在那没有汽车、电车或黄包车的马路上散步，沿着蜿蜒的路走上山去。我们还在有马来人守门的花园里，坐在石凳上，毫无顾忌地谈着种种事情。但是傍晚我们却不得不冒雨回到厦门的住处去。第二天一早我们又往那个古城走了。

到了古城，在这天的黄昏我便到那个文庙里的中学去看“耶稣”。是的，在这时候他已经得着“耶稣”的绰号了。不过他自己并不知道，只是几个朋友私自地这样称呼着。我在学校的办公室里遇见几个朋友，我正和他们谈话，忽然一个人在后面拍我的肩膀。我回过头看，我迟疑了一下，我记不起这黑瘦的面貌。但是那双奕奕有神的眼睛不能够是别人的。一定是他。我便伸出手去。我看他的微驼的背，我看他一身肮脏的灰布学生服，我看他一头蓬乱的头发，我看他陷入的两颊。

“你看我做什么？你不认识我吗？”他坦然笑问道。

我也只好微笑。我不能对他说他瘦得多了，老得多了，他的健康坏了。我不能够。我只说想不到两年的功夫他竟然作了这个学校的主持人。

晚上我睡在他的房间里，他们为我安置了帆布床。煤油灯被吹熄后，一屋子都是蚊虫声。他却睡得很好。我不能睡。我睁开眼睛，望着阴暗的空间，我想到今天听见人谈起的这个朋友的痔疮和虱子的事。两年前他穿着翻领衬衫的姿态在黑暗中出现了。这两年间一个人的大量牺牲和工作成绩折磨着我。我拿我自己的生活跟他的相比。我终于不能忍受这寂寞，我要出去走走。我翻身站起来，无意间一脚踏灭了蚊香，发出了声音，把睡在对面帆布床上的他惊醒了。

“你做什么？还没有睡？”他含糊地问道。

“我闷得很，”我烦躁地回答。

“你太空闲了，”他梦呓似地说了这一句，以后就没有声音了。我再说话也听不见他的回答。

的确比起他来我太空闲了，也许太舒服了罢。但是难道他就比我有着更多的责任？这是苦恼着我的问题。

我在这间房里和他同住了一个多星期，看惯了他怎样排遣日子。我离开他的时候，他依恋地对我说，希望我将来还能够再去。他又说："倘使学校还能够存在的话，你下次给我们带点书来罢。"

在汽车中我和那个陪伴我的朋友谈起"耶稣"，那个朋友耽心着他的健康，说起他每次大便后总要躺一两个钟点才能够做事的话。我把那个朋友的每一个字都记在心上，我说我要和另一些朋友想一个妥当的办法。

我的办法并没有用。但是我却不曾忘记朋友的嘱咐，为那个学校的图书馆捐了两箱书去。学校虽然还处在风雨飘摇的境地，可是它已经克服了种种的困难而继续存在了。

第二年我又去访问那个学校。这一次是和一个广东朋友同去的。去年在粤汉路银盏坳小站的废墟中，我们在残毁的月台上候车的时候，我还和这个朋友谈起那一次的旅行。我们重复说着一九三三年我们两人在鼓浪屿厦门酒店中（还是那同样的房间）谈过的话。我们谈论着我们的朋友“耶稣”。这是八月的夜晚，工人们忙碌地在被炸毁的车站房屋的旁边建造一间简单的茅屋，他们有的还爬在屋梁上用葵叶铺盖屋顶。我曾经指着这茅舍对朋友说：“这就是我们‘耶稣’的工作，他会把碎片用金线系在一起，他会在废墟上重建起九重宝塔来。”

他的确能够在废墟上重建宝塔的。我们第三次在学校里看见“耶稣”，他显得更瘦、更弱了。他过着更勤苦的生活。他穿着更破烂的衣服。他花去不少的时间和学生们谈话。

他热心地对几班学生讲授数学的功课。这一次我们谈了不少的话，商量了不少的事情。但是每一次我提到他的病，说起他应该休养的话，他总是打岔地说："我们不会活到多久的，我们应该趁这时候多做一点事情，免得太迟了。"

我看见他用过度的工作摧残自己的身体，我看见他用自己的生命换来一点点工作成绩。我不能够责备他。我倒应该责备自己。我们的确太需要工作了。我自己不能代替他工作，别的空话便都没有用。这个学校里充满着殉道者的典型，但是他比别人表现得最完全。在他们的面前我显得太渺小了。在他们中间我做了几天的美丽的南国的梦。

一个多月以后我游历了广东乡村回来，路过鼓浪屿，我们的船停在海中，在开船前的六七小时，两个朋友从古城赶到了。他们到船上来看我。我们三个人坐划子到那个美丽的岛屿去。这一次我们攀登了日光岩。在最高的峰顶上眺望美丽的海。我们剥着花生，剥着荔枝，慢慢地吃着，慢慢地把荔枝皮和花生壳抛到下面海滩上去。我们听着风声，听着海水击岸的轻微的声音。我们畅谈着南国的梦。我们整整谈了两个钟头，我们愉快地笑着。我的眼前尽是明亮的阳光和明亮的绿树。在这个花与树、海水与阳光的土地上我们做了两小时的南国的梦。但是吃过中饭我应该回轮船去了。

这两个朋友把我送到船上。我们分别的时候，我把剩余的旅费拿出来托他们转交给“耶稣”，要他用来治病。这只是一个关心他的友人的一点敬爱的表示。

船到下午五点多钟才离开厦门。它掉转

身的时候，我还留恋地投了一瞥最后的眼光在那形状奇特的岩石上，还有岩石中间的小桥，先前我们明明走过的，现在它显得这么高，这么小。但是船再一转动，鼓浪屿便即刻消失了。我的眼前只有花和树、海水和阳光。

在上海我得到“耶稣”的信，知道他不曾医病，却用那笔款子帮助了一个贫苦的学生读书。第二年在北平朋友告诉我“耶稣”带了二十多个学生到上海，预备作徒步旅行。又过一年在东京我知道“耶稣”又带着十几个学生第二次到北方徒步旅行。这个患痔疮的人简直在戕害他自己了。

我从东京回来，不久他也从北方旅行归来了，这一次他坦白地说出他的身体有点支持不住的话。这是第一次。话进了我的耳里，倒使我的心发痛了。我以为我们有理由说服他留在上海医病。但是他依旧坚决地跟着这一班学生走了。临行时他还留恋地说他愿意和我们在一起工作的话。

一九三七年夏天他离开了古城，到广州去。他也许是抱着医病的目的去那里的。这对于我们是一个好消息。但是“八·一三”民族解放的战争爆发，点燃了他的沸腾的血。他怀着不能抑制的热情回到那个古城去了。我知道在那里有着更忙碌的工作等待他。我相信他会把他的工作范围扩大。在那里还有不少富于献身精神的青年朋友给他帮忙。

这一次我不能再拿疾病作理由来劝阻他了。这是他的责任，因为他比别人有着更多的机会和能力。我们民族的生存和自由受到侵害的时候，保卫它们便是我们的第一件工作。他就是这样地主张的。现在轮到他来实现他的这个主张了。以他那样的毅力和能力，一定可以做出比过去更大的成绩来。

我去年十月从广州出来以后，走了不少的地方，始终没有直接得到“耶稣”的信息。不过我从别处知道他忙碌地在古城里工作。他准备着有一天用有组织的民众的力量来歼灭侵略者的铁骑。

现在鼓浪屿骚动起来了。铁骑踏进了花与树、海水与阳光的土地，那个培养着我的南国的梦的地方在敌人的蹂躏下发出了呻吟。

然而使我激动的是行动的时刻到了。鼓浪屿的骚动一定会引起更大的事变。铁骑深入闽南的事情是可以想到的。敌人也许不会了解，但是我更明白，倘使敌人果然深入肥沃的闽南的土地的话，那么在那里得到的一定不会是胜利，而是死亡。那时我的南国的梦中最“奇丽”的一景便会出现了。

我怀念着南国的梦中的友人，我为他们祝福。[1]

1939年春在上海。

① 这篇回忆是在我十分激动的时候写成的。我当时写的并不是真实的人，大部分是我自己的幻想。一九四七年我在上海再见到“耶稣”，我对他的看法已经改变了。我最近在一篇文章里说过这样的话：“我也曾把希望寄托在几位朋友的教育工作上，用幻想的眼光去看它们，或者用梦想代替现实，用金线编织的花纹去装饰它们，结果还是一场空，我不仅骗了自己，也骗了别人。”用这几句话来解释以上的两篇回忆，也很恰当。（一九五九年注）

月夜鬼哭*

孩子的哭声把我惊醒了。她的母亲坐起来打算给她喂奶。窗帷上映着一片月光，架上一排书的书脊也在发亮。远远地送来几声汽车喇叭叫。夜大概很迟了。我翻了一个身，又闭上了眼睛。可是过了好一阵，孩子已经

---

* 本篇最初发表于一九四六年六月二十五日上海《大公报·文艺》。发表时题为《月夜梦鬼哭》。

睡着了，喂奶的母亲也已经睡着了，我仍然清醒。不知道怎样，我忽然烦躁起来，躺在床上，我浑身不舒服。我无法使自己安静，就索性下床，在屋子里踱了一会儿。孩子在梦中咳了一声嗽。我害怕惊醒孩子，就在窗前沙发上静静地坐了下来。

月光照亮了孩子的小床。孩子摊开两手，带着可笑的姿势睡熟了。她的脸上露出一种和平的微笑。这笑容吸引了我的眼光。我终于走到小床跟前。我俯下头看孩子的脸。我的手碰到小床的栏杆，孩子两手一举，现出受惊的样子。她睁开眼睛看了看我，马上又闭上了它们。她不再动一下。我在小床前立了片刻，便又走到窗前。我将两肘压在窗台上，埋下眼睛去看那个睡去了的弄堂。

一股凉风吹到我的头上来。四周真静，连汽车喇叭的叫声也没有了。我仿佛听见

“夜”轻轻地在我的身边走过，是那么轻微的脚步。“夜”似乎害怕惊动我。我也静悄悄地不出声。

我忽然听见一声轻脆的笑。我回过头看小床。月光正照在孩子的小脸上。孩子睡得很甜。也许她在梦中发笑罢。她的睡脸使我忘记了烦躁。我的脑子里什么都没有了。我又回过头去望窗外，我打算再看一次睡着了的弄堂，然后上床安睡。

但是就在我埋下眼睛去的那一刻，我的思想忽然活动起来。我想起六年前我快要离开上海的时候，也曾在窗前这样地站了半夜。是同样的月夜，是同样的弄堂。不同的只是我的心境。那个时候我虽然有一腔悲愤，可是我还看见“希望”在远处闪光。今天我有的却只是一种受骗以后的茫然的感觉。“希望”早已烟似地散了。六年前我立在这窗前看弄堂里的月色，纳粹的黑云遮蔽了大半个世界的天空，日本侵略者的魔手快要伸到了我的咽喉。今天在我们八年的抗战得到最后胜利以后，我回到上海的旧居，我并没有喜悦。为什么呢？我那个希望逃到哪里去了？我想着……我不能回答。我的脑子痛起来了……

忽然在静寂中我听见了一声哀哭。

我的确听见了哭声，似熟悉又似陌生的哭声，声音细微，但又清晰，像男人的声音，又像是女人的。我一定是在做梦罢。刚才我还听见孩子在笑，现在又听见有人在哭。弄堂里静静地没有人，是谁在哭呢？

我掉过头再看孩子。孩子在梦中呼呼地吐气。月光跟她的睡脸告别了。

但是好像有人在孩子的小床旁边哭。

我奇怪。我侧耳倾听。哭声一直没有停，

仿佛哭得很伤心。是谁在哭？是那个逃走了没法回来的“希望”么？是我过去六年的岁月么？如果过去的岁月会哭，那么应当是八年的长岁月啊！

哭声仍然不止。夜渐渐地凉起来。我有点毛骨悚然了。现在不仅是小床旁边，连书架上，甚至窗前、屋角都响起了这同样伤心的哭声。

哭声并不高，可是整个屋子都好像在哭了。我一个人被这无所不在的哭声包围着。

“谁在哭？”我问道。没有人回答我。

“谁在哭？”我再问。仍然没有人回答。

“让我安静！”我又说。

这次我得到了答复：

“八年前，八年来你允许我们的希望……在哪里？拿给我们！”

“我允许过你们什么希望？你们是谁？”

我惶惑地问道。

“你要我们相信未来……你要我们把一切贡献给抗战……你允许过我们独立与自由……你骗了我们……”

“你们是谁？我并不认识你们，”我惊恐地再问。

“冤枉！冤枉！”哭声不回答我，却用一种带怒的声音叫冤。

“冤枉的事多得很！为什么要找我？我并不认识你们！”我大声分辩。

“你对我们描写过光明和幸福的美景。可是我们只看见官僚发财，投机家得利，接收人员作威作福、欺压良民……洋房、金条、女人，应有尽有。还有汉奸摇身一变，升了——”

“这跟我有什么相干？”我打断了他的话。

“坏人享乐，好人受苦。物资在仓库里腐

烂，而多数人缺乏一切。胜利给我们的亲人带来饥饿、痛苦与贫困，而另一些人中间却充满着荒淫与无耻。我们粉身碎骨、肝脑涂地所换来的新秩序决不应是这样！”

“这不是我干的事，你们为什么问我？你们究竟是谁？”我激动地问，这段话把我的心扰乱了。“他们”的悲愤传染到我的身上来了。

“我们是谁？难道你忘记了我们？我们是断掉的手和腿，是给炸弹片撕掉的肉和皮；我们是瞎了的眼睛，是野狗吃掉的心肺；我们是被烧成了灰的骨头，是像水一样淌出来的血；我们是砍掉的头，是活埋了的尸首；我们是睡在异乡、荒冢里的枯骨！冤枉！冤枉！”

我浑身打颤。我受不了这些话。我的确认识他们。这八年来在许多地方我都见过他们。可是我早已把他们忘记了。我没法回答他们，也找不到反驳的话。我忍不住痛苦地、气愤地对他们说：

“你们向我叫冤有什么用？为什么你们不再活一次，把弄错了的事情重新安排一下？为什么不用自己的力量争取到独立与自由、光明与幸福，却躲在黑暗里伤心哭泣？……”

雄鸡突然叫起来，声音洪亮。我吃了一惊。我掉头四顾。屋子里没有哭声。我在和谁谈话，醒着的明明只有我一个？难道我刚才做了一场噩梦？不然我为什么觉得这么疲倦？

小床隐在阴暗里。孩子静静地睡着。我并不曾把她惊醒。

屋子里最后的一线月光也消失了，留下我睁大眼睛站在黑暗中间。我并没有睡意。

1946年7月在上海。

卢骚与罗伯斯庇尔*

这是十二年前的事了。在那些多雨的日子里，在那个阴暗的古城中，我常常在傍晚走过巴黎国葬院的门前，我走过那一段冷清清的路，往往在一座像跟前停住脚步。我的手抚摩着冰冷的石座，我仰起头去看拿着书

* 本篇最初发表于一九三九年五月十七日《文汇报·世纪风》。发表时有副题《回忆之一》。

和草帽的“日内瓦的公民”，对着那个屹立的巨人我喃喃地说了许多话，我在诉说我的痛苦、我的绝望……

但是在那些时候只有冷雨打湿了我的头发，没有一个声音来打扰我。从卢骚那里我得不到一个回答。我生得太迟了。我已经不能够从他那里得到什么了。

是的，我生得太迟了。在那些疑惑、不安的日子里我常常羡慕那个年轻的马克西米连·罗伯斯庇尔。我想象着他有过的那样幸福的时候。

卢骚那时候住在卜拉特列尔街一所房屋的五层楼上，罗伯斯庇尔常常走到那所房屋的门前。他站在门外，看见男男女女从那所房屋进出。这个卢骚的年轻的崇拜者用他的近视的但又是坚定的眼光把这一切看了许久，然后他带一点妒嫉走回家去。他后来向朋友用忧郁的声音叙述他这个故事的时候，他的脸上还浮着微笑。

罗伯斯庇尔，这个年轻的热心者，后来被许多资产阶级的历史家视作嗜血的暴君，他有他的另一面，他有他的灵魂的一隅。在法国作家亨利·伯洛的《我的朋友罗伯斯庇尔》[1]中，最使我感动的便是他和他所私淑的先生卢骚见面的故事。下面是他的“朋友”的叙述：

> 在四月中旬的一个傍晚，我们在公园里散步。微风像一声长叹地吹动着颤抖的树叶。难道是这些影子和这清风唤起了同样一个傍晚的回忆？或者是这种大自然的温柔使他对我吐露了他的胸

① 《我的朋友罗伯斯庇尔》：这是一本小说。

怀？我不知道。……他对我谈的还是关于卢骚的事。

年轻的罗伯斯庇尔终于有机会和那个“日内瓦的公民”见面了。对于他这是不小的幸福。时候是在一七七八年五月的末尾，他读到卢骚的一封私人通信，那是由一个背叛的友人印出来的。信函里的痛苦的字句说明了一个受着迫害、陷于贫苦境地的老人的求助的心情，把这个二十岁的青年深深地感动了。他压不住他的热情。他立刻跑到卢骚的家里去。

他到了卜拉特列尔街，卢骚已经在三天以前搬走了，卢骚现在住在爱尔麦龙微尔，他便赶到那个地方去。我再引用小说中那个“朋友”的话：

人们允许他到哲学家的隐居处去。从一扇矮窗里透出来的微光在黄昏中给他引路。门关着。马克西米连敲门。并没有回应。他敲得稍微响一点。于是他听见一个声音。有人在问谁在外面，这个年轻的“香客”觉得他的脸色变成苍白了。他很感动，不得不把两只手紧紧按住胸腔。他说他是一个年轻人，要求和卢骚先生见面……门开了。

说到这里马克西米连突然闭了嘴。他的眼睛望着被晚风微微吹动的树枝。然后他好像是在对自己说话似的，继续说道：“他（卢骚）把我留在爱尔麦龙微尔花园的浓荫里，一直到午夜。他心里充满着忧郁。……他是一个最敏感的人，然而那班造谣中伤者却把他形容做一个怪物。……朋友，听我说！我刚说两句恭维的话，他便阻止了我，他对我说，恭维不过是一种粗劣的假话，在那里面就藏着憎恨与陷害。他不是指我说的。他指那班虚伪的人。……不久他便现出他的好心与坦白……他教我怎样知道我自己。我还很年轻，他教我重视个性的尊严，他教我遵守社会秩序的伟大原理。……”

马克西米连又沉默了。我望着他。在他的眼睛里我看出了一种惊人的、昂扬的表情。他平时是如此严肃、如此古板的，这时候完全改变了。他叫起来：“啊，你伟大的人。我在你的晚年看见了你。这个记忆对于我便是快乐的泉源。我仔细地看过你的可敬的面容，我看见人们的罪恶在你脸上刻划的那些忧愁的痕迹。”

我们坐在公园的石凳上。马克西米

连忽然站起来。我跟着他。我们默默地沿着那条小河一直走到兵营码头。一轮满月升起来，像一个银的铙钹[1]，它慢慢地爬上天空。真是一个美丽的夜！整个城市和它的钟楼与拱门都罩上了灿烂的真珠色。我们两人并肩地走着。马克西米连沉溺在梦想里面。我催促他讲完他的故事，这也没有用。然而最后他还是对我说出来，卢骚在他晚年垂死的时候也并不曾使他的年轻的崇拜者失望，他已经给了这个信徒一样最可宝贵的礼物：一个品德的定义。……

他说这些话时我们已经到了丹狄利埃街。他抓起我的手握了一下，便匆忙地走开，他推开他的房门，走进去了。

---

① 铙钹：古代乐器。

卢骚在一七七八年七月二日离开了这个世界，这就是在他和罗伯斯庇尔会见后的四十天，我们假定小说中所写的是真事，那么，罗伯斯庇尔到爱尔麦龙微尔去的日期应该是五月二十三日。在他一生给与人类的种种贡献以外，作为《民约论》的著者，近代思想之父的卢骚还给了那个阴郁的青年一个无上的鼓舞和安慰。我想，这次的会面也许就是罗伯斯庇尔一生中最快乐的时候。

罗伯斯庇尔被称为卢骚的弟子，他也得着“廉洁的人”的称呼。但是他却走了更远的路程。他竟然做了恐怖时期的独裁者，想用断头台来实现他的先生的理想，结果把自己的生命也在断头台上牺牲了。从此反动势力占了胜利，造就了野心家拿破仑的光荣的前程。这不但是爱尔麦龙微尔的老哲学家想不到，连罗伯斯庇尔自己也不会料到的。

卢骚死于贫穷，临死他还是一个漂流的寄食者。他受到的社会的冷遇已经是够大的了。

罗伯斯庇尔的一生也不是快乐的。他是一个刻苦的工作者，永不休息的工作者。他想用权力来维护革命，拯救法国，但是终于悲惨地死去。革命跟着罗伯斯庇尔被缢杀了。打倒罗伯斯庇尔的热月政变[①]是反动的胜利。资产阶级的历史家把罗伯斯庇尔当作恶魔。美国电影编剧家特别憎恨罗伯斯庇尔，这自然是为了拥护阶级的利益。通俗小说家阿尔柴男爵夫人的英雄“红花侠”(她写了几本关于“红花侠”的通俗小说)，也正是英国绅士的理想中的救世主。所以那位“淑女”虽然创造了一个“皮面人”帮忙把比利时从

① 热月政变：指法国在公历一七九四年七月二十七日的政变。

西班牙的统治中救出来，却同时遣派了她的“红花侠”去援助反动派打倒罗伯斯庇尔。因为罗伯斯庇尔的理想正是绅士与淑女所不能容忍的。

“我们必须把头颅献给共和国，”这样说着的罗伯斯庇尔，不管他犯了什么错误，他并没有辜负那个先生，他是以他的悲剧的死报答他的先生了。关于他的悲剧的死，我们还是看他的“朋友”的叙述：

> 罗伯斯庇尔被推往前面去。人群中起了一个吼声，时间是六点多钟，落日的霞光染红了树叶。赛纳河像一幅蓝缎子缓缓地流过。嗜血的大刀等待着。突然间一个刽子手站到马克西米连的后面去，一下就把那根绑着他受伤的颚骨的绷带拉掉。他的嘴大大地张开，一些牙

齿落了下来（他是在被捕以前受伤的）。一头受伤垂死的野兽似的叫号响彻了这个广场。他的脸露出来了，那上面有一对疯狂的眼睛。……

在大刀落下以前，整个广场屏了呼吸地等待着。于是响起了绝大的叫声。每一个人，公民，女公民，“无套裤汉”和兵士，议员与警察，所有那些来看革命的死亡而自己却不懂的人一致地发出了欢呼，这呼声接连不断地起伏着。我像一个被追缉的人逃出广场的时候，那样的声音还在我的耳边响着。

在那座寂寞的像前我看见了一百几十年前的悲剧。我看见了两个伟大的人的悲剧的一生。过去的景象折磨我的心灵。我悲惜那个巨大的损失。但是我更轻视我自己。我的痛苦太渺小了。在个人的琐碎的悲欢里苦苦地挣扎着的我有什么权利来向那个“日内瓦的公民”伸诉我的痛苦呢?

然而那个时候我毕竟找着我的“先生”了。这是巴尔托罗美·樊塞蒂，被美国小说家阿蒲顿·辛克莱称为“现代最优美的精神”的人。他就在那年(一九二七)八月被烧死在波士顿查尔斯顿监狱内的电椅上。关于他我写过几篇文章[①]，而且以后我还要写的。

1939年春在上海。

① 指短篇小说《我底眼泪》和《电椅》。见《全集》第九卷。

马拉、哥代和亚当·鲁克斯*

还是十二年前的事。在一个春天的下午我和两个朋友去参观巴黎蜡像陈列馆。我在一个小房间里看见了马拉的死。这情景和J.L.大卫的名画差不多。马拉躺在浴盆里，半个身子被木板盖着，一只手压在木板上，

---

* 本篇最初发表于一九三九年十一月十六日《宇宙风》第八四期。发表时有副题《回忆之一》。

另一只手松弛地垂下来，头无力地放在被单上，血红的眼睛闭了，虾蟆嘴也闭了。胸膛上插着一把匕首。血流着。那个永远为着人民的利益工作的“人民的朋友”马拉就这样地走进了“永恒”。

在门口站着夏洛蒂·哥代，那个贵族少女。她昂然望着浴盆中的死者。他瘦得多么可怜！但是她没有一点怜悯的感情。她正在得意地想着：她拯救了法国。她以为她杀死这一个人便可以拯救十万人。她让人捉住了。

在这个小房间里我徘徊了许久，我看见落在地上的墨水瓶。马拉病得垂死了，还在为人民呼吁，还在保卫革命。我看看马拉，看看哥代。我的心隐隐地发痛。我的心为这个不可补偿的巨大损失痛着。这个损失直到一百几十年以后还在打击我这颗现代人的心。我真想抓住那个戴诺曼底帽子的美丽的少女，反复地问她：为什么要这样做？一个声音在我的心里说："阻止她，阻止她！"

然而现在太迟了。我带着忧郁走出这个房间。我仿佛听见一个铃子似的女音："疯子！嗜血的猛兽！"我走出蜡像陈列馆，我还听见这同样的声音。但是汽车声、脚步声、人声压倒了它。现在我走在二十世纪的巴黎街道上了。

春天的风吹动我的头发，珍贵的不常见的阳光涂抹在街上，树上一阵清香扑进我的鼻孔。道旁的菩提树已经开花了。

我仰起头看看天，看看四周。我愉快地呼吸，我觉得把一口一口的新鲜空气吸进了肺里。我感到身子像要飞起来似地轻快。但是……不知从什么地方来了一个清脆的女声。我回头去看蜡像陈列馆，一个年轻女子从门里出来，短的衫子下面穿高跟鞋的脚飞跑似地动着。她并不是哥代。然而我又听见一声咳嗽。我站住。于是马拉的影子在我的眼前出现了。他那病弱的身体，他那带着兴奋表情的面容，他居然支持着病体出来散步了。是的，他比任何人都需要阳光和空气。他工作得太辛苦了，甚至患着病躺在浴盆里他还不停地写东西。他是应该休息的。看见马拉休息，这是最令人快活的事。

我好像落到梦景里去了！我好像活到一百几十年前去了！我也是一个马拉的崇拜者。我仿佛跟着那一大群巴黎人为马拉欢呼。我注意地看他的面容。

马拉的血红的眼睛在发亮。泪珠从眼角滴下来。他哭了！是的，我知道他常常为了别人的痛苦流泪。这是真实的马拉，他被他的政敌称为“嗜血的猛兽”，他被资产阶级的历史家称为“疯子”。然而在巴黎人民的心中，他永远是一个仁爱的人。我想起了J. 米席勒的书。米席勒被历史家A. 奥拉推崇为所有法国大革命史家的“先生”，他是一个不喜欢马拉的人，但是在他的《大革命史》中他也曾举出一些马拉救人的事实。一个少女为了救她的父亲愿意把身子献给马拉。马拉接到她的来信以后，研究了案情，知道她父亲的无辜，他到约定的地点去看那个女子。她含着眼泪等候他。他没有挨她的身体，却救出了她的父亲。这不过是许多事实中的一件。

我读过一些关于马拉的书，我好像认识一个熟朋友似地认识他。我跟着他经历了他那充满牺牲精神的生活。我看见在瑞士的家庭中受了责罚绝食反抗的小孩，我看见在法国研究医学的苦学生，我看见在巴黎勤苦工作的科学家。然后我看见那个孟德斯鸠与卢骚的弟子，他站在街角对人民朗诵《民约论》。于是革命家马拉出现了。《人民的朋友》的主笔，热情的煽动者，受迫害的革命家，他不得不时常躲在地窖里，过着没有阳光的日子。最后革命把他带到他的生活中的高峰，成了被全巴黎人民爱戴的“人民的朋友”。我又看见这时候的马拉的面影了：一个病弱的人，过着贫苦的生活，他在哥德烈街阴暗房屋的最阴暗的一层里面，不休息地做他的工作。他的热情、他的工作摧毁了他的身体。他的病一天天地加重了。可是一直到最后，他没有一刻想到休息。他的确像德国历史家W. 布洛斯所说，是“一个热烈的、悲歌慷慨的、并且充满着爱护人民和正义的心的人”。

我用同情和崇敬的眼光跟随着一个伟大心灵的发展。但是我的眼前一道亮光，一股血，一阵黑。我吃惊了。我仿佛听见呼唤帮助的声音。我看见那个年轻女子拿手打下去。我想叫："阻止她，阻止她！"然而我的喉咙好像被一只手扼住一般。马拉死在浴盆里面。那把匕首已经插在他的胸膛上了。一个三十岁左右的女人仓皇地从外面跑进房来。她扑过去，她悲痛地尖声叫着："凶手！"我知道她是西孟娜·爱弗拉尔，马拉的忠实的伴侣，深爱着他而又为他热爱的女人。马拉的妹妹亚伯丁娜称她为"神圣的女人"。她是他的好助手，她帮忙他把报纸维持下去，她为他牺牲了一切。但是如今太迟了。她不能把他从那个贵族少女的匕首下救出来了。

被称为凶手的夏洛蒂·哥代还站在房里，她不能逃走了。她骄傲地看着她的"受害者"。她以为她的匕首拯救了法国。她却不知道这是贵族、皇党和资产阶级的匕首。她自以为是贞德那样的女杰，她把自己看得太高了。她不过是一个误入迷途的热狂者，干了一件坏事。她说自己救了十万人，其实受了害的是整个法国。

马拉的墓碑上题着这样的话："这里安息着人民的朋友马拉，他是被人民的仇敌们谋杀了的。"实际上杀死马拉的正是人民的仇敌们。哥代不过做了一个工具。……

阳光在我的眼前淡下去，我已经进了那条窄巷。我回到我住的地方来了，我走进我的充满着洋葱气味的房间。我的桌上正摊开一本《马拉传》。那本书上和别的许多书上都写得很明白，马拉的遗产只有一张二十五个"苏"的纸币，活着的时候他接连有九个月只喝清水吃白面包，而且有三年多他每天不曾休息过一刻钟。他比当时的任何革命领袖都更爱人民，更忠于人民。他最受到人民的拥护。自然他也最为反革命势力所憎恨。如果我们把反革命势力比作一只嗜血的猛兽，那么，马拉倒是一个适当的牺牲者。他的死绝不是偶然的。

但是为什么要轮到夏洛蒂·哥代来下手呢？……

哥代和马拉应该不是陌生的人。自然她同他从来没有见过面。但是她在外省常常听见人们谈到马拉，从贵族和吉隆特党人的口中她听到的全是诬蔑中伤的谣言。这迷惑了她的心。她把马拉当作了一个恶魔。她要去掉他给多数人带来和平。

夏洛蒂，这个羞怯的痴心的少女。她是一个没落贵族的女儿。生活在一个衰微的步步下降的家庭中，她应该见到不少人世间的悲剧。母亲的死夺去了她的孤寂生活中的最大安慰。她很寂寞。寂寞培养了她的幻想。

她或许还渴望爱情。她追求理想中的“王子”。修道院的生活却如一沟死水，泛不起一点涟漪。平静的面容掩不住内心的苦闷。她等着机会把她的热情向另一方面放散。她热心地读着蒲鲁塔克的《伟人传》和卢骚的著作，那些激动了全法国良心的卢骚的著作。卢骚培养了她的心灵，正如卢骚构成了马拉的思想。这个美丽、幽静的少女和那个面貌丑陋的革命家一样，都是卢骚的“弟子”。书本煽旺了她的幻想。她把她的爱寄托在“英雄主义”上，她渴望一个与暴君作战的英雄，一个为祖国而死的英雄。马尔苦斯·布鲁塔斯成了她梦寐中的上帝。这个姓名变作了一个象征。她不断地在心里激情地呼唤这个名字。于是她找到了她的“裘·该撒”。她要做一个十八世纪的“布鲁塔斯”了。有一天她含着眼泪对她的姑母说：“我哭，为法国哭，为我的父亲和家族哭，为你哭……只要马拉活着的时候，谁还能够安全地活下去呢？”所以她赶到巴黎，怀着匕首到马拉的家里。她杀害了一个伟大的生命。

我仿佛看见她把刀刺进他的胸腔。我听见那声音，血立刻从黄瘦的带毛的胸上喷出来。我吃惊地把头一动，我怕血溅到我的脸上。但是我惊醒了。我依旧坐在我的小房间里，桌子上堆了一些关于法国大革命的书。我的思想落进书中去了。

卢骚的弟子杀死了卢骚的弟子。哥代除了使自己成为资产阶级历史家所崇拜的“女杰”外，并没有救活一个法国人。她反倒使十万人悲痛。她是吉隆特党的友人，她的匕首却促成了吉隆特党的败亡。所以在狱中的吉隆特党人威尔涅约听见哥代的行动，便叫起来：“她毁了我们；不过她教了我们怎样去死。”不错，夏洛蒂·哥代的确死得勇敢。

我记起了一个历史家的叙述：

> 这是下午七点钟……夏洛蒂一刻也不曾失去她的自制力，她走上了囚车。她站在车上，她昂着头，眼光很镇定。车子到了河边。天落起雨来，还打着雷，但是暴雨并不曾驱散群众。……沿途聚集着人群，他们包围着囚车，跟随着囚车。车子因此走得非常慢，花了两个钟点才走到协和广场。夏洛蒂始终立着，那些对她掷过来的侮辱和叫骂并没有扰乱她的镇定。她从容地望着街中的无数的人头……
>
> 雨停止了，越过香·爱利塞大街的浓密的绿树看去，暴雨后的紫色落霞涂满了天空。空气一定很新鲜，很凉爽；

还没有新流出来的血的气味。

断头台大概建立在和现在竖立方尖碑[①]的地点相差不远的地方。推勒里王宫的草坪上一定挤满了人。夏洛蒂不要别人扶持，迅速地走上断头台的阶梯。她到了台上，一个刽子手把她的披肩拉开了。她睡倒在木板上。机器动作起来。再过一会儿，人把她的头拿起来给台下的人们看，她的一对蓝眼睛还是半开着。……

夏洛蒂·哥代便这样地结束了她的二十五岁的年轻的生命。她那一对半开着的蓝眼睛仿佛就印在我的书上。我看不清楚她的眼珠。

---

① 方尖碑：即Louksor庙内的方尖碑，埃及酋长所送，一八三一年年尾运到巴黎，建立在协和广场。

但是藏在那半闭的眼睛里的一个寂寞的年轻生命的悲剧震动了我的心灵。我恨她的行为。但是我觉得好像自己也立在推勒里王宫的草坪上，不瞬眼地望着那一把悬垂的大刀。我听见一个声音：“不要落下来罢。”

怎么？难道我着魔了？我不能够说这样的话。我不是哥代的崇拜者。而且我甚至不能够宽恕她的行为。那一天站在人丛中不瞬眼地望着她的是另外一个人。我仿佛看见那个年轻的德国人疯狂地跟着囚车走了两个钟点。我仿佛看见他痴迷地立在人丛中，两只眼睛永远盯在她的脸上，好像要把他的心掬给她看一般。这是亚当·鲁克斯，从马因斯派来的三个代表中的一人。他来巴黎只是为了向国民大会表示忠于革命，表示马因斯议决归并法兰西共和国。但是他却在做了反革命行动的哥代身上发见了他的梦景中的“女杰”。他忘掉他自己的存在了。他称颂她“比布鲁塔斯更伟大”，他以为“和她同死在断头台上是最美丽的事”。这个二十八岁的热狂者以前并不知道哥代的名字。然而他也是卢骚的弟子，蒲鲁塔克的读者，他和哥代一样也走入了迷途。他有着一颗更罗漫谛克的心，因此走得更远。他现在将共和国与革命抛在一边，却祈求着和刺杀马拉的少女同死。和他同来巴黎的一个代表福斯特尔说：“夏洛蒂·哥代使得这个善良的年轻人精神错乱了，他如今就以为除了为她，为吉隆特党而死以外，再没有别的幸福。”吉隆特党的议员巴巴霍说，鲁克斯爱上了哥代。还有一个近代历史家马丽·雪尔女士也说：“倘使她不曾有过罗漫谛克的恋爱的话，那么她至少在亚当·鲁克斯的灵魂中唤起了一种比死更强烈的激情了。”

映着落日的霞辉，那个“健康、美丽、纯洁、温雅、勇敢的面貌”占据了鲁克斯的罗漫谛克的心。他失掉自持的力量了。那时雷声还在巴黎的天空响着，灰黄色的天幕不时被闪电划上了纹路，落日的紫光在断头台的染红了的刀上发亮，鲁克斯像被鬼魂追赶着似地急急回到他寄宿的旅馆，他匆忙地埋下头，狂热地动着笔写他的题作《夏洛蒂·哥代》的文章。他忘了休息、忘了饮食地写着这本等于他的死刑判决书的小册子。他认为那个诺曼底的处女比布鲁塔斯更伟大。他说：“她是天上的人物，不宜于住在地上，她像电光一闪地过去了，却留下她的纪念在人间。”他还宣言他如今更爱她所身殉的法国。他如今唯一的工作便是跟着她登断头台。

在三个多月以后他的志愿终于实现了。在离开监狱的时候他甚至快乐地叫道：“我现在到底要为夏洛蒂·哥代而死了。”

我现在引用一个同情他的英国历史家的叙述：

> 克尔勒和福斯特尔在人丛中跟着他，就像他从前跟着那辆把夏洛蒂·哥代载到同一目的地的囚车那样。在五点钟，白昼的最后的微光也消失了；断头台被火炬的光照亮着，火炬还投掷了摇曳的微光在群众的脸上，他们是来看那个为夏洛蒂·哥代而死的外国人的面貌的。一道暗褐色的雾从河上升起来，空气寒冷彻骨，但是亚当·鲁克斯走上断头台的窄梯，看见断头机的轮廓映在阴暗的天幕上时，他并不曾颤栗一下。
>
> 克尔勒说：“他走上去，好像他是在登上讲坛去演说一般。……”

福斯特尔说："他奔赴死，他向着死跑去。"

他的冷静使得那些站在他旁边的人不相信；他很想拥抱刽子手，但是他的双手被缚着了；他对他的朋友们微笑，他抬起头看上面，好像在看隐在巴黎的雾外面的什么东西。……

这便是鲁克斯的最后了。人不知道他在看什么。也许是穿过巴黎的雾，越过被德国军队封锁了的道路，在看马因斯的乡村里他的和平的小家庭罢，那里有他的年轻妻子和他们的三个年幼的女儿。她们会忠于他，珍贵地保留着他的纪念品。在告别的信上他对他的妻子说："我为自由而死，倘使有一天自由得到胜利，法国便不会忘记亚当·鲁克斯的妻子和女儿。"

但是事实上他并非为自由而死，法国也的确忘记了他的妻子和女儿，全世界都忘记了她们。第三个女儿在父亲死去以后不久就离开了这个世界。鲁克斯的善良的妻子却多活了二十年。剩下的两姊妹中，姊姊马利亚·安娜又走上了她的父亲的路。这是一个热诚的、孤寂的、爱梦想的二十五岁的少女，她和她父亲崇拜的“女杰”同岁（也许还大一岁），她有一天读到了J. P. 利席特尔的赞美哥代和鲁克斯的诗，她的纯洁的少女的心受到极深的感动。她写了一封热情的信给作者，信里充满着带神秘性的语句。没有回信到来，她便想自杀。她的妹妹劝阻了她。后来利席特尔来了两封信，给了她一点安慰。

妹妹出嫁了，马利亚·安娜更孤寂地留在家里。只有她一个人。利席特尔又来了信，要求和她见面。但是这个纯洁的“罗漫斯”

是她的脆弱的心灵所受不了的，而且她已经决定了不做这个世界里的人。她和她的父亲一样要在死里寻求幸福。在一个五月的夜晚，她投莱茵河自杀。别人救活了她，她却坚决地说她看见永恒之光，听见天堂的音乐，她不愿意回到地上来。

人们把她放在床上。她似乎睡熟了。人们离开了她。后来有人再进房里来时，她已经死了。

父亲害了女儿，他给了她这么一颗脆弱的罗漫谛克的心，把她引到这么一个悲剧的结局。

现在已经不是罗漫谛克的时代了。我把头从书本上抬起来。四周怎么这样静？我的脑子里还充满着那些书中的人物。穿过深夜的凉爽的空气，圣母院的钟声从开着的窗户送进来。我痴呆似地数着。十一下。

我惊讶了。我怎么在书本上花了这许多功夫？我今天还没有吃过晚饭呢！但是我也不想吃什么了。

我望着贴在墙上的一张肖像，这是从一本书上扯下来的卢骚的照片。那时他是在四十岁的壮年，正是构成《人类不平等的起源论》的时期，他的眼光坚定，面容充满着勇毅的表情。我望着这个“近代思想之父”，日内瓦钟表匠的儿子。我觉得在这一天的功夫我活了一百几十年。或者我做了一场大梦。我刚刚见过了他的三个弟子，跟着他们过了三种充满浪潮似的生活：一个留学法国的瑞士医学生，一个在古罗马共和国中寻找她的“王子”的诺曼底贵族少女，一个以《热诚》这篇论文得到哲学博士学位的十九岁的马因斯青年。一个瑞士人，一个法国人，一个德国人，卢骚把他们拉在一起，使他们走了许多路程。他们到巴黎来次第把生命献给共和国。每个人都昂然地接近死。没有惧怕，没有惋惜。病弱的马拉死在健康的哥代的匕首下，他睡倒在浴盆里。哥代在断头台上唤起了爱情，她又把鲁克斯引进了永恒。鲁克斯又给他的年轻的女儿立了一个榜样。

我的心反抗起来。对这一百几十年前的可痛心的悲剧我不能够做任何事情！我不能挽救什么。我不能够拔出哥代的匕首，把马拉从浴盆里扶起来。我不能够劝阻哥代，说她的举动只会危害共和国。我不能够说服鲁克斯，使他明白他自己并没有了解革命。我让他们走入灭亡的道路，现在只有对着书本叹息。我太无用了。

但是我的正义感还是强烈的，我的判断力依旧不曾消失。对着那些不忠实的历史家的叙述我不能没有愤慨。A. 拉马丁称哥代为

“暗杀的天使”，L. 马德楞称她为“女侠”。他们和哥代一样，是不懂得革命的，我不愿提起那些更坏的、更充满偏见的书的作者，譬如N. H. 威伯斯脱夫人，她比哥代更恨马拉，这位淑女的恶毒的文章使人疑心她倒是一个嗜血的疯人，她的笔不会触到马拉的仁爱的心，只表现了自己阶级的无能。她和通俗小说家阿尔柴男爵夫人一样，想“把法律握在自己的手里”来拥护阶级的利益；阿尔柴男爵夫人将罗伯斯庇尔再判处一次死刑，威伯斯脱夫人也再一次暗杀了马拉。可是这样并不能挽救自己的阶级的没落。我跟着一些历史家称哥代与鲁克斯为卢骚的弟子，他们都热狂地读着卢骚的著述。然而实际上他们都不曾了解卢骚，撇开了被压迫、被虐待的阶级，杀害了人民的朋友，这样的人是不配称为卢骚的弟子的。了解卢骚的只有马拉，他生于贫穷，死于贫穷，他有一颗敏感的仁爱的心，坦白刚毅的性格。他是一个理想主义者。他有过光荣，却拒绝了物质的享受。全巴黎的人民为他的死悲哭。他的遗骸被移葬在国葬院中。但是在一七九五年人们又把他的遗体搬出来，葬在附近的墓场里。反动者还扎了他的刍像在雅各宾俱乐部的天井中焚烧，然后把灰烬抛在蒙马特尔的阴沟里面。

“这太过火了！”我愤怒地叫起来，我不能忍受这侮辱。我站起来。一切幻景都在我的眼前消失了。房间里还只有我一个人。桌子上堆着书。墙上贴着卢骚的像。他永远带着坚定的眼光看我。

这个“日内瓦的公民”至今还屹立在巴黎国葬院门前，他的遗体也安息在国葬院里面。在我的疑惑、不安的日子里，我不知道有若干次冒着微雨立在他的面前对他倾诉我的痛苦的胸怀。现在又轮着他来安慰我了。他将永远是我的鼓舞的泉源。

1939年春在上海。

静夜的悲剧*

夜似乎很静。可是我从书本上抬起俯着的头闭上眼睛休息时，就听到了各种各样的声音。第一，是整日整夜都不停止的滴水声，这声音常常使我误认为窗外在落雨。不知道是哪一家的自来水龙头坏了，水一滴一滴地

* 本篇最初发表于一九四七年十月一日《中国作家》第一卷第一号。

滴了几个月，也没有人来作过让这龙头休息片刻的尝试。声音并不大，但很单调，有时我午夜梦回，竟然觉得我在滴血或者我的生命跟着水在滴。这好像很荒谬，可是仔细一想也有道理。我的时间渐渐在缩短，我的精力也在我不知不觉中逐渐衰退，这是事实。想起来，叫我觉得可惜，又觉得可怕。这样零碎地消耗生命，的确是可惜而又可怕的事。

我的消耗生命的方法很多，读书自然也是其中的一种。我读书并非为了增加知识，我不过想多知道一点别人（从前的人和现在的人）怎样生活的故事。我是人类的一份子，我和别的人中间当然有关联，我关心别人的生活，不能算是多事。

窗外，水仍然在滴，在今夜与在昨夜并无不同。我听了几个月，还没有弄清楚，声音是从哪一家发出来的。以后我大约也不会去管它。但是它今夜却像一连串的小石子投入我脑子里的小湖中，把那片水面上映出的一幅图画搅乱了。我感到疲倦。

我阖拢书，我把头朝后一仰，将背向椅背上一靠，我只想休息。可是我不能。滴水声折磨着我。那幅被搅乱了的图画仍然在我眼前。画中景物渐渐在变换。于是我仿佛看见血在流。一滴，一滴，果然是滴血声。一个人躺在浴盆里，露着身子，头仰垂到盆外，胸前插着一把匕首，血一滴一滴地流下来。我痛苦地叫了一声。我认得这个人。他死在一七九三年。那是一百五十几年前的事了。他应该跟我没有一点关系。但是我可以熟习地叫出他的名字：让·保罗·马拉。

我刚刚关上的书，书皮上也有着这样一个名字：让·保罗·马拉。那是列克-马勒采文著的历史小说。

我又在读关于马拉的书。我永远忘不了这个人。每当我无法排遣寂寞，或者闷得快透不过气的时候，我常常求助于一些人的传记，马拉也是我心灵生活中的一个指导和支持。马拉，一个“充满着爱护人民和正义的心的人”（W. 布洛斯语），“法国自由的忠实的看守者”（C. L. 杰姆斯语），“下层阶级的朋友，被压迫阶级的忠实诚挚的战士”（E. B. 巴克士语）。他比当时任何一个革命领袖更爱人民。可是在当时的国会中没有一个马拉的党徒。有人说马拉的党就只有他自己一个人，虽然他为无数的人民所热爱。……这一切在我的脑子里是跟马拉的名字分不开的。朴实、热烈，而充满着牺牲精神，他常常渴望着为革命、为人民牺牲，终于有一天死在一个贵族女子的匕首之下。遗产除了破旧的家具外，只有一张二十五个

“苏”的钞票。人说他活着时和临死时一样，都很贫苦……

夜帮助我思想、回忆。我的思想完全集中在这个人身上。我的疲倦渐渐地消失了。我跟着一个人在生活：在瑞士的家庭中受了罚绝食反抗的小孩，在法国研究医学的苦学生，在巴黎勤苦工作的科学家。成名的医生和学者。然后是卢骚的弟子，他站在街角对人民朗诵《民约论》。于是我的眼前更亮了。我看见热狂的煽动者，受着迫害的革命家，他创刊了《人民的朋友》，攻击腐败和罪恶。他时常在地窖中过着没有阳光的日子。最后革命把他带到他生活中的高峰，成了全巴黎人民爱戴的“人民的朋友”，全法国贵族憎恨的“嗜血的魔王”。

我的眼光追随着他的生活：巴黎哥德烈街二十号，一所阴暗简陋的房屋，一个病弱的老人（才只五十岁，他的身体已经衰老了，那是被刻苦的生活、过度的工作和燃烧的热情摧毁了的）。房间里充满着霉气和臭味，到处凌乱地堆着东西。几张熟习的脸孔露一下又消失了。整个房间又落进一种窒息人的静寂里。然后响起了沉重的喘息声。病折磨着马拉，他接近垂死的状态了。但是他仍然坐在浴盆中写作，一双老虎眼里还燃着烈火，这对眼睛永远睁着，守护着人民的利益。他的笔没有停过，他的刊物也在继续刊行。体力在逐渐减退，心却一直在燃烧。最后他不能出去参加国民大会的会议了。他不得不靠热水浴来减轻痛苦，提起精神。他坐在澡盆里为他的刊物写文章，向国民大会建议，为人民的权利呼吁。一直到最后他还在攻击反革命的罪人，拯救无辜。

夜更静，水滴声也似乎在减低。我仿佛

在旅行。我带着崇敬的眼光和感动的心情，跟随着一个伟大心灵的发展，但是忽然我听见一阵马蹄声和车辆声，我看见一辆破旧的马车在高低不平的街路上颠簸地滚动。车子向着哥德烈街走来，走进一个阴暗的院子停住了。那个院子的角落里有一口井，右边有一个拱廊，拱廊下露出一个楼梯口。太阳已经落下去了。柔和的暮色笼罩着整个院子。从马车中走下来一个年轻的女人。一张聪明、沉静、美丽的脸，白色的衣衫，高高的软帽上系着三根浅绿丝带。她走上了楼梯。她上去做什么呢？我跟着她上楼。她伸出那只戴着漂亮手套的手去拉门铃。门开了。一个女佣人来开门，手里还拿着一只服药用的调羹。年轻的女客说是来求见马拉。

“啊！”我惊叫一声！这是夏洛蒂·哥代！一个痴心的少女，她要来干一件再傻没有了的事情。历史上的一个大悲剧就要发生了。“阻止她！”我想大声叫；“马拉，当心！”我想叫。可是太迟了！我生晚了一百五十多年。

结果这个美丽的贵族少女杀死了丑陋贫苦的病老人。马拉坐在浴盆里，听她简单地告诉一些背叛革命的议员的名字。他拿着笔在记录。他完全没有想到自己的安全。匕首的当胸一击便结束了他的殉道者的一生。时间是一七九三年七月十三日。这个永远不会被人忘记的日子。

马拉只发出一声短短的叫喊，他在呼唤他那个忠实的女人（她的名字是西孟娜·爱佛拉尔）。哥代略略带了点惊奇地望着他。她究竟在等着看他断气，还是在思索自己是否做了一件可以比拟布鲁塔斯的事情？我不知道。一片红色遮了我的视线。浴盆里的水马上变红了。到处都是血。“人民的朋友”的血不停地在流。死已经确定了。

房间里一阵骚乱。人们忙着救护他们的亲爱的人，他们的悲痛和惊惶是很大的。在这个不干净而又有恶臭的小房间里，只有那个白衣少女安静地立在角落里望着这一切骚扰，她似乎忘记了她自己就是这骚扰的原因。只有她看见西孟娜哭得很伤心的时候，她才渐渐地变了脸色，她的嘴唇颤抖起来，她的明亮的眼睛里充满了泪水。马拉居然这样地被人爱着，这倒是她在举起匕首以前绝没有想到的事！……

窗下响起了脚步声，一男一女的皮鞋底在水门汀的地上踏着。声音非常清晰。那是一对夫妇，住在我的隔壁，我始终没有机会看见他们的面貌，可是我却认识他们的声音。他们每夜总在十二点到一点的中间步行归来，常常低声笑着谈话。这应该是一对和睦的夫妇罢，而且应该属于有闲阶级的。在他们的生活中大概不会有那一切的骚扰罢。过去的悲剧跟他们有什么相干呢？我有点妒忌他们。因为我想休息，我想安静，我却得不到。我用手蒙住眼睛。我以为我可以不再看见过去的事情了。然而在我的眼前又现出了一幅图画：

那个美丽的少女悲戚地从狱窗里望出来，两只手握着窗格子，她似乎在倚窗沉思。这个没落贵族的女儿，她在想什么呢？她说过："我杀一个人以救十万人，杀一个匪徒以救无辜的人。"那么她为什么又在悲戚地沉思呢？她应该看见在巴黎因为马拉的死悲哭的无数的平民罢，他们的数目至少也超过了十万。她从修道院出来，是一个寂寞的孩子。卢骚的著作培养了她的心灵，他和马拉一样都是卢骚的“弟子”。她也读蒲鲁塔克的《伟人传》，她渴望一个与暴君作战的英雄。她把马·布鲁塔斯当作她的上帝。她的寂寞生活培养了她的热情，她无处发泄，只有把她的爱寄托在英雄主义上面。在苦难中的法国的命运吸引了她的整个心灵。她梦想着牺牲自己给法国带来幸福。她的生活环境使她有机会和温和的共和派吉隆特党人接近。激烈派的马拉正是贵族和吉隆特党所憎恨的敌人，她从他们的口中听到不少诬蔑马拉的谣言。人们对她说马拉曾经主张（在一七九〇和一七九一年中间）牺牲大批贵族的头颅以完成革命，她却不知道马拉非常仁慈，他比谁都更爱人民。吉隆特党人宣传马拉过着奢侈生活，她却不知道马拉接连有九个月只喝清水吃面包，留着钱来维持报纸，并且有三年整天不能休息。马拉的影像折磨着她。她把他当成一个喝血嗜杀的恶魔，一切邪恶的根源和法国苦难的原因。在她那表面安静的疯狂中她只能够看见、听到、接触到一个可怕的东西，那就是老虎眼虾蟆嘴的侏儒马拉。有一天她含着眼泪对她姑母说：“我哭，我为法国哭……只要马拉活着的时候，谁还能够安全地活下去呢？”所以她赶到巴黎，怀着匕首到马拉家里，她第一次见到马拉，没有谈上十句话，就轻易地一击杀死了他。

她被捕受审，她同情“马拉寡妇”的痛苦，但是她不承认自己是杀人的凶犯。四天后她在断头台上身殉她的愚蠢行为。她死得勇敢，可是在心深处她应该存着疑惑，抱着悔恨。这个误入迷途的傻瓜，她没有救活一个人，她反而使巴黎人民失去热爱他们的良友；她没有挽回吉隆特党的命运，却只促成那些人的败亡。吉隆特党的一个领袖批评哥代的行为，说：“她毁了我们。”他这句话是很有理由的。有名的罗兰夫人（吉隆特党的一个重要领袖）后于哥代三个月零二十天上断头台，我想是哥代的匕首加速了她的死亡。

革命并没有被哥代的匕首摧毁。人民仍然在往前走。另一个巨大的力量显露了。马拉所留下的人民领袖的空位有一个人下了决心来接替。他开始用坚定的脚步走向它。他相信用专政来完成革命。他使用各种手段来掌握权力，用流血来维护革命。这就是号称“廉洁的人”的罗伯斯庇尔。他也是一个刻苦的工作者，他甚至不惜使用恐怖手段来拯救法国，而结果却使自己在反动派的阴谋打击下悲惨地死去。到了打倒罗伯斯庇尔的热月政变发生，反动派才得到了暂时的胜利。但这样的胜利一定不是夏洛蒂·哥代所梦想的那一种罢。“是不是，你说？”我几乎要叫出声来，因为我的目光又落到那个在狱窗中沉思的少女的面颜上了。这是查理·路易·米勒的画，一本《法国革命史》中的插图，我刚巧摊开在案头。在另一本书中还有保罗·彼得利绘的《刺杀马拉后的哥代》：马拉倒在浴盆里，一只手挨着倒下的椅子，哥代的帽子落在地上，她似乎要开门出去。还有一幅F. B. 绘的哥代受刑图。她正被刽子手牵上断头台。那个男人左手牵着绳子，右手指着断头机上的大刀。

刀光一亮！我仿佛听见“卡查”一声。于是鲜血四射。完了。什么都完了。我无法抓回来哥代，向她问个明白。总之，大错已成，历史不能重写，过去的已经过去了……

我叹一口气，阖上那两本有插图的书。我又感到疲倦，我想休息了。我打算站起来。我无意间低下头。我瞥见红布书面上的两行金字：让·保罗·马拉。我想起了我刚才还在读的那本小说。我细看小说作者的姓名：弗利兹·列克–马勒采文。我不知道他是个什么样的人。我就只读过他的这一本书。这不是一本好的历史小说。

列克–马勒采文应该是一个罗漫谛克的热情家罢。他似乎过于放纵他的想象力了。要是早生一百几十年，他说不定又是一个亚当·鲁克斯。他让马拉和哥代见面两次，而且有过长篇诚恳的谈话（事实上要是哥代和马拉有过恳谈的话，她绝不会刺杀他的）。在马拉被刺以后，他写着：

> 西孟娜没有来，夏洛蒂单独地同她所刺杀的人在一块儿。她用冷酷的眼光望着他说：“马拉，这是你自己招来的。”
>
> 他喘叫说：“我招来的，并且……”

她惊愕地问："并且？"

"并且谢谢你。"

"谢谢我？"

"谢谢你。"这个感谢打击了她，她的女性被唤醒了。匕首从她手中落下来，脸埋藏在她的双手中。在这阴暗的屋子里只听见垂死人的喉鸣和这个少女的隐约的呜咽。一只手来抓她的胳膊——一只用了最后的力气伸起来的手。"你看，"马拉轻轻地说，"你听。我谢谢你。死，并没有给我痛苦。并不像生活那样痛苦。谢谢你……"

"马拉，"她哭着说，"可怜的马拉……"

"吻我，……"

于是她俯下身子捧着那个可怜的仰着的头："我吻你，我现在要吻去你额上的诅咒，我吻你，你这个丧失了和平的人，我现在要把和平吻印在你头上。我吻你，我现在要用这一吻求得你的宽恕，我吻你，就像上帝……”

“上帝，”马拉结结巴巴地说，他微笑了，他在这濒死的状态中变得非常年轻了。“上帝……”这是个烦人的老问题……“马拉，”她低声说，“可怜的马拉，现在告诉我……你要告诉我……你信不信上帝？”

马拉微笑着结结巴巴地说：“这要看究竟……”

“究竟？”

“究竟人在左边或是右边划十字。”屋子里非常静。他最后的呼吸是轻微而平和的。

她把他的头捧了许久，吻着那张

沉默的嘴，现在他那带讥讽的微笑也消失了。

她站起来，理好衣服，拉开了门闩。

窗板上一个叩声使她吃了一惊，她看见一只小鹌坐在窗台上用嘴敲着玻璃。

她深深地吸了一口气，走到窗前，她往下看，看见下面一群人，他们过了一个闷热的白天，现在在傍晚出来乘凉了——放工的工人，憔悴的妇女，褴褛的平民，还有喁喁私语的情侣。“我，”她叫起来，“……你们下面的人……”

人们仰起头看。

“我杀死了马拉公民，”夏洛蒂大声说。……

我不像是在抄译德文小说，我在看一幕悲剧，我在做梦。我仿佛也听见了那一句话：

“我杀死了马拉公民！”多骄傲的一句话，正像是哥代说的。可是西孟娜到哪里去了呢？她这个把一生奉献给马拉的善良的女人。

屋子里的确很静。也有平和的低微的呼吸声。但这是我的一岁零八个月的女孩在梦中吐气的声音。这间屋子是我的屋子。我坐在书桌前翻开一堆法国革命史做梦。十三年前我也写过关于马拉的小说。我也做过哥代捧着垂死的马拉的脸狂吻的梦。不同的是我让哥代“觉得她从没有看见过比这更温和、更仁爱、更美丽的脸”。我写着：

阴暗包围过来。她的身子差不多全埋葬在阴暗里，但是她依旧立着，好像生根在地上一般。她忘记了自己是在什么地方，也忘记了在加恩听来的种种关于马拉的谣言。她只看见星一般的眼睛在闪耀。那一张似幻似真的脸在她的眼前荡漾着，仿佛一轮明月反映在万顷烟波的海上。她忽然有了一种异样的感觉。她的心胸敞开了。她恍然地明白了一切。一个新的人格在她的脑子里现出来了。

“马拉万岁！”“人民的朋友万岁！”不知道从什么地方来了这些叫声，隐约地送进她的耳朵里。声音是那么有力，她完全不能够抗拒。

她不能自主地跪下去，捧着那张还有热气的脸狂吻。

她觉得他的手在动，在推她，好像有一个微弱的声音在她的耳边说：“孩子……我是不要紧的……但是共和国……饥饿的人民……”

他的手又落了下去。他的眼睛闭了，泪珠留在眼角上。于是星光灭了。

“马拉！马拉！”一阵悲痛抓住了哥代，她充满了悔恨地捧着死人的头哭叫。

于是门开了，西孟娜慌张地拿了烛进来。

这样地结束了哥代的悲剧。大错铸成，纵然她勇敢地死在断头台上，也不能为自己赎罪了。在这时候，她不能再保持她那种傲慢态度了。只有像亚当·鲁克斯那样的大傻瓜，才会颂扬“她比布鲁塔斯还伟大”。这个年轻的热狂者竟然爱上了哥代。他愿意和她同死在断头台上。三个月以后他的目的达到了。他去断头台的时候，他快乐地叫着：“我现在到底要为夏洛蒂·哥代死了。”他也死得很勇敢。

在那个时代似乎人们常常把死看作净化心灵的试炼。每个人都愿意为自己的理想献出生命。谁都会勇敢地走上断头台。可是错误的理想并不曾因为得到那些生命的栽培就开了花。……

我背痛腰酸，真像经过了长途跋涉似的，我倦得厉害，为了明天的工作，我应该休息了。

我站起来仰着头长长地吐一口气。我好像用了最后的力气似地把堆在桌上的书全搬开了。我不愿意让那个悲剧再来扰乱我的心。我需要酣睡。

1947年在上海。

后　记

收在这个集子里的六篇短文[1]中，《月夜鬼哭》和《静夜的悲剧》两篇是“胜利”后的新作，其余的四篇则是从我的一本绝版已久的散文集《黑土》中抽出来的。

我不妨坦白地说，我自己很喜欢“第二

① 首篇《无题》是从《旅途杂记》中移来的，未包括在这里所说的“六篇”中。

辑”中的三篇文章。[1]它们不是历史（我倒想写一部《法国革命史》），也不是小说（我写过三篇所谓“历史小说”）。我并没有虚构史事。话都是有根据的，只除了罗伯斯庇尔和卢骚见面的那段谈话是出于一个法国小说家的想象，那是从亨利·伯洛的历史小说《我的朋友罗伯斯庇尔》中引来的。我至今还相信我对法国大革命的看法不错，虽然我生迟了一百几十年，不能够亲身经历那次的革命，我的关于它的全部知识都是从书本中得来的。而且对于那些记载着活人的勇敢的聪明的行动的书本，我感到了极大的兴趣。我特别提说聪明的行动，因为在当时也有至少愚蠢的行动。“聪明”和“愚蠢”的斗争也是一七八九——九三年中间的一个次要的“现

① 指本集的后三篇。

象”。我在这里用了“次要的”这个形容词，也许可以免除一些“吹毛求疵者”的误解。谁都知道主要的斗争是为了“权力”、“权利”和“阶级的利益”。一部法国革命史实际上就是一部争自由的历史。

但是我不是在写论文，不是在写历史。我写的只是几个过去的人和几件过去的事。除了卢骚和他的弟子们（罗伯斯庇尔、马拉不用说，哥代和吕克斯也热狂地读着卢骚的书，有些历史家也称他们为卢骚的弟子），我还想写龚多塞、罗兰夫妇、玛丽·昂多瓦勒特。……自然我有我自己的看法，我自己的写法。譬如关于玛丽·昂多瓦勒特，我部分地同意司特潘·兹外格的见解，她只是一个平庸的女人，要是她生在一个中产阶级的家庭，她绝不会做出那许多事情来，更不会悲惨地死在断头台上。自然她并非死得无辜。

可是除了替自己的行为负责外，还得代路易十六和他的祖先的行为还债，她成了多年来法国宫廷的淫乱的象征了。

我现在还没有充足的时间来写这样的文章。不过要是我真的写了，我想也许会有人骂我在替“王后”辩护。记得我的《静夜的悲剧》发表以后，就有人在成都某报的副刊上骂我在替“贵族”辩护，这倒是从未见过的“文章新读法”了。这样的骂对我也许还有好处，它至少使我知道自己还是在用理智判断事情。

巴金　1948年7月。

附 录

一点感想*

听到日本无条件投降的消息，我非常高兴。不过说句老实话，当时我并没有想到“胜利”这两个字。我感到的并不是胜利的喜悦。我只觉得压在我头上的一个可怕的长的梦魇去掉了。一个浓黑的暗夜发白了。这八年来我走

---

* 本篇最初发表于一九四六年五月《抗战文艺》第十卷第六期。

过了好些地方，经历了，看见了许多事情。我自己当然不能说对抗战尽过多少力。但我却看见那无数的平民为着这个战争流了血，流了汗，牺牲了他们所有的、所宝贵的一切，他们默默地活着，默默地死去。他们没有要求过什么，也没有得到过什么。发财的不是他们，说漂亮话的不是他们。说是一切都为了这个圣战，他们受苦、牺牲，都并无怨言。现在圣战成功了，那么他们的牺牲和受苦也应该终结了。那些血，那些残杀，那些大破坏，我在上海，在广州，在桂林……看见的种种可怖的景象都应该消灭了。的确我仿佛是从一个可怕的长的梦魇中醒了过来似的。所以八月十日之夜晚，我挤在“精神堡垒”前面狂欢的人群中大声笑着。这些年来我闷得够了。

可是这样的喜悦在第二天早上就不知道飞到哪里去了。我觉得昨晚上做了一个快乐的梦。这天报纸上充满着“胜利”和类似胜利的字眼，我才想到了“胜利”。他们说得似乎都不错，很有理。但是不知为了什么缘故，我总觉得我脑子有些糊涂，我想起昨夜狂欢的事，更觉得不好意思，我似乎不配跟着别人欢笑，因为这个胜仗不是我打出来的，而且我连想也没有想到，胜利自己就送过来了。我更耽心，这个胜利纵使我会有一份儿，它分到我名下，我也不会抓住它，它会飞走的。我对这胜利没有一点准备，我狂欢得太早了。

“那么赶快准备迎接胜利吧，”一个朋友鼓励我说。他是一个乐观派。

准备，迎接都不错。但是怎样准备呢？我正为着这个“准备”发愁。

单是“胜利”两个字并不能解决我们的一切问题，我们狂欢得太早了。

8月14夜。

"封"和"禁"*

《周报》奉令停刊，这该是你们的光荣。要是刊物办得不好，没有人看，不发生影响，别人就不会麻烦它，他们会让它自生自灭。

"封"和"禁"都是很旧很旧的办法。我们的祖先们用过它，却从来没有得着预

* 本篇最初发表于一九四六年八月二十四日《周报》第四十九、五十期合刊。

期的效果。现在自然更不会。奇怪的是，二十五六年前我们几个朋友在成都办的一种刊物，也得着同样的命运：奉令停刊。我们那时出过一期“停刊号”。现在又轮到你们来出“休刊号”了。从这件事来看我们中国，我不能不说她进步太慢。

鲁迅先生十年祭*

十年前鲁迅先生逝世的时候，我曾代表文季月刊社同人写过一篇悼文：

> 十月十九日上午，一个不幸的消息从上海的一角传出来，在极短的时间里

* 本篇最初发表于一九四六年十一月《少年读物》第三卷第四、五期合刊。

就传遍了全中国，全世界：

鲁迅先生逝世了！

花圈、唁电、挽辞、眼泪、哀哭从中国各个地方像洪流一样地汇集到上海来。任何一个小城市的报纸上也发表了哀悼的文章，连最僻远的村镇里也响起了悲痛的哭声。全中国的良心从没有像现在这样地悲痛的。这一个老人，他的一支笔，一颗心做出了那些巨人所不能完成的事业。甚至在他安静地闭上眼睛的时候，他还把成千上万的人牵引到他的身边。不论是亲密的朋友或者恨深的仇敌，都怀着最深的敬意在他的遗体前哀痛地埋下了头。至少在这一刻全中国的良心是团结在一起的。

我们没有多的言辞来哀悼这么一个伟大的人，因为一切的语言在这个老人的面前都变成了十分渺小；我们不能单单用眼泪来埋葬死者，因为死者是一个至死不屈的英勇战士。但是我们也无法制止悲痛来否认我们的巨大损失；这个老人的逝世使我们失去了一位伟大的导师，青年失去了一个爱护他们的知己朋友，中国人民失去了一个代他们说话的人，中华民族解放运动失去了一个英勇的战士。这个缺额是无法填补的。

鲁迅先生是伟大的。没有人能够否认这样的一句话。然而我们并不想称他做巨星，比他做太阳，因为这样的比拟太抽象了。他并不是我们可望而不可即的自然界的壮观。他从不曾高高地坐在中国青年的头上。一个不识者的简单的信函就可以引起他的胸怀的吐露；一个在困苦中的青年的呼吁也会得到他同情的帮忙。在中国没有一个作家像他那样爱护青年的。

然而把这样的一个人单单看作中国文艺界的珍宝是不够的。我们固然珍惜他在文学上的成就，我们也和别的许多人一样以为他的作品可以列入世界不朽的名作之林，但是我们更重视：在民族解放运动中，他是一个伟大的战士；在人类解放运动中，他是一个勇敢的先驱。

鲁迅先生的人格比他的作品更伟大。近二三十年来他的正义的呼声响彻了中国的暗夜，在荆棘遍地的荒野中，他高举着思想的火炬，领导无数的青年向着远远的一线亮光前进。

现在，这样的一个人从中国的地平线上消失了。他的死是全中国人民的一个不可补偿的损失。尤其是在国难加深、民族解放运动炽烈的时候，失去了这样的一个伟大的导师，我们的哀痛不是没有原因的。

别了，鲁迅先生！你说：“忘记我。”没有一个人能够忘记你的。我们不会让你静静地死去，你会活起来，活在我们的心里，活在全中国人民的心里，你活着来看大家怎样继承你的遗志向着中华民族解放的道路迈进！

十年像飞箭一般过去了。今天在鲁迅先生逝世十周年纪念会中我望着那一幅巨大的画像，想起先生的一生，想起我和先生几次短短的会见，想起先生逝世时的情形，十年前写的那篇文章又很清晰地回到我的脑子里来了。我对着先生的遗容，默诵了我十年前的悼文。

今天要是谁（譬如说《少年读物》的编者吧）逼着我拿起笔写一篇纪念鲁迅先生的文章，我也不会说另外的话。十年了。可是我们始终没有忘记他。今天在这广阔的会场里成千的眼睛连闪也不闪一下地凝望着栩栩如生的先生的遗容，年老的和年轻的声音一齐叫着：继承先生的遗志。

在先生逝世十年后的今天，民族解放的战争虽已获胜，但内战还在扩大，社会秩序仍然混乱，人民生活反更艰苦，我们这民族也并没有得到真正的解放。先生所追求的并未到来，而所憎恨的亦未消去。在这时候，逝去十年的先生呼声仍然是极其响亮的。我仿佛还看见先生执着思想的火炬在荆棘遍地的荒野中领着无数的青年向着远远的一线亮光前进。

十年了，鲁迅先生，让我再说一次：“没

有一个人能够忘记你的。”你已经活在我们的心里，活在全中国人民的心里。你活着来看大家怎样继承你的遗志向着建设自由、平等的新中国的道路迈进。

关于《寒夜》*

——创作回忆录十一

关于《寒夜》，我过去已经谈得不少。这次在谈《激流》的回忆里我写过这样的话："我在自己身上也发现我大哥的毛病，我写觉新……也在鞭挞我自己。"那么在小职员汪文宣的身上，也有我自己的东西。我曾经对法

* 本篇最初发表于一九八一年二月十四日香港《文汇报》。

国朋友讲过：我要不是在法国开始写了小说，我可能走上汪文宣的道路，会得到他那样的结局。这不是虚假的话，但是我有这种想法还是最近两三年的事。我借觉新鞭挞自己的说法，也是最近才搞清楚的。过去我一直背诵丹东的名言："大胆，大胆，永远大胆！"丹东一七九四年勇敢地死在断头机上，后来给埋葬在巴黎先贤祠里面。我一九二七年春天瞻仰过先贤祠，但是那里的情况，我一点也记不起了。除了那句名言外，我只记得他在法庭上说过，他的姓名要长留在先贤祠里。我一九三四年在北平写过一个短篇《丹东的悲哀》，对他有些不满，但他那为国献身的精神永远值得我学习。我在三十年代就几次引用丹东的名句，我写觉慧时经常想到这句话。有人说觉慧是我，其实并不是。觉慧同我之间最大的差异便是他大胆，而我不大胆，甚至胆小。以前我不会承认这个事实，但是经过所谓“文化大革命”后，我看自己可以说比较清楚了。在那个时期我不是唯唯诺诺地忍受着一切吗？这究竟是为了什么？我曾经作过这样的解释：中了催眠术。看来并不恰当，我不单是中了魔术，也不止是别人强加于我，我自己身上本来就有毛病。我几次校阅《激流》和《寒夜》，我越来越感到不舒服，好像我自己埋着头立在台上受批判一样。在向着伟大神明低首弯腰叩头不止的时候，我不是“作揖哲学”和“无抵抗主义”的忠实信徒吗？

我写《寒夜》和写《激流》有点不同，不是为了鞭挞汪文宣或者别的人，是控诉那个不合理的社会制度，那个一天天腐烂下去的使善良人受苦的制度。一九四四年秋冬之际一个夜晚，在重庆警报解除后一两个小时，我开始写《寒夜》。当时我的脑子里只有汪文宣，而且面貌不清楚，不过是一个贫苦的患肺结核的知识分子。我写了躲警报时候的见闻，也写了他的妻子和家庭的纠纷。这一切都是围绕着汪文宣进行的。我并没有具体的计划，也不曾花费时间去想怎样往下写。但肺病患者悲惨死亡的结局却是很明确的。这样的结局我见得不少。我自己在一九二五年也患过肺病。的确是这样：我如果不是偶然碰到机会顺利地走上了文学道路，我也会成为汪文宣。汪文宣有过他的黄金时代，也有过崇高的理想。然而他和许多知识分子一样让那一大段时期的现实生活毁掉了。我写汪文宣，写《寒夜》，是替知识分子讲话，替知识分子叫屈诉苦。在当时的重庆和其他的“国统区”，知识分子的处境很困难，生活十分艰苦，社会上最活跃、最吃得开的是搞囤积居奇，做黄（金）白（米）生意的人，还有卡车司机。当然做官的知识分子是例外，但要做大官的才有权有势。做小官、没有掌握实权的只得吃平价米。

那一段时期的确是斯文扫地。我写《寒夜》，只有一个念头：这种情况不能再继续下去。我的脑子里常常出现三个人的面貌：第一位是我的老友范兄。我在早期的散文里几次谈到他，他患肺结核死在武夷山，临死前还写出歌颂“生之欢乐”的散文。但是在给我的告别信里他说“咽喉剧痛，声音全部哑失……。最近几个月来我已受够了病的痛苦”。第二位是另一个老友彦兄。在他需要帮助的时候，我没有认真地给他援助。我最后一次看见他，他的声音已经哑了，但他还拄着手杖一拐一拐地走路，最后听说他只能用铃子代替语言，却仍然没有失去求生的意志。他寂寞凄凉地死在乡下。第三位是我一个表弟。抗战初期他在北平做过地下工作，后来回到家乡，仍在邮局服务。我一九四二年回成都只知道他身体弱，不知道他有病。以后听说他结婚，又听说他患肺结核。最后有人告诉我表弟病重，痛苦不堪，几次要求家人让他死去，他的妻子终于满足了他的要求，因此她受到一些人的非难。我想摆脱这三张受苦人的脸，他们的故事不断地折磨我。我写了几页稿纸就让别的事情打岔，没有再写下去。是什么事情打岔？我记不清楚了。大概是“湘桂大撤退”以后，日军进入贵州威胁重庆的那件大事吧。

我在《寒夜》后记里说，朋友赵家璧从桂林撤到重庆，在金城江大火中丧失一切，想在重庆建立新的据点，向我约稿，我答应给他一部小说。我还记得，他来找我，我住在重庆民国路文化生活出版社楼梯下那间很小的屋子里。他毫不气馁地讲他重建出版公司的计划，忽然外面喊起“失火”来，大家乱跑，人声嘈杂，我到了外面，看见楼上冒烟，大吃一惊。萧珊当时在成都（她比我先到重庆，我这年七月从贵阳去看她，准备不久就回桂林，可是刚住下来，就听到各种谣言，接着开始了“湘桂大撤退”，我没有能再去桂林），我便提着一口小箱子跑到门外人行道上。这是我唯一的行李，里面有几件衣服，一部朋友的译稿，我自己的一些残稿，可能有《寒夜》的前两页。倘使火真的烧了起来，整座大楼一定会变成瓦砾堆，我的狼狈是可想而知的，《寒夜》在中断之后也不会再写下去了，因为汪文宣一家住在这座大楼里，就是起火的屋子，我讲的故事就围绕着这座楼、就在这几条街上进行，从一九四四年暮秋初冬一直到一九四五年冬天的寒夜。

幸而火并未成灾就给扑灭了，我的生活也不曾发生大的变化，萧珊从成都回来，我们在楼梯下的小屋里住了几个月。后来又搬到沙坪坝借住在朋友吴朗西的家中。家璧的图书公司办起来了。我没有失信，小说交卷了，是这年（一九四五）上半年在沙坪坝写成的，但它不是《寒夜》，我把《寒夜》的手稿放在一边，另外写了一本《第四病室》，写我前一年在贵阳中央医院第三病室里的经历。在重庆排印书稿比较困难，我的小说排竣打好纸型，不久，日本政府就宣布投降了。

八年抗战，胜利结束。在重庆起初是万众欢腾，然后是一片混乱。国民党政府似乎毫无准备，人民也没有准备。从外省来的人多数都想奔回家乡，却找不到交通工具，在各处寻找门路。土纸书没有人要了，文化生活出版社显得更冷清，家璧的图书公司当然也是这样。小说没有在重庆印出，家璧把纸型带到上海。我还留在重庆时，有熟人搭飞机去上海，动身的前夕，到民国路来看我，我顺便把包封好的《第四病室》的手稿托他带去。后来朋友李健吾和郑振铎在上海创办《文艺复兴》月刊，知道我写了这本小说，就拿去在刊物上连载。小说刚刚刊出了第一部份，赵家璧回到上海，准备出版全书。他和振铎、健吾两位都相熟，既然全书就要刊行，刊物不便继续连载，小说只发表了一次，为这事情我感到对不起《文艺复兴》的读者（事情的经过我后来才知道）。因此我决定把下一部小说交给这个刊物。

下一部长篇小说就是《寒夜》。我在一九四四年写了几张稿纸，一九四五年日本投降后我在那间楼梯下的屋子里接下去又写了二三十页。在重庆我并没有家。这中间萧珊去成都两次：第一次我们结婚后她到我老家去看看亲人，也就是在这段时间我开始写《寒夜》；第二次在日本政府投降的消息传出不久，一位中国旅行社的朋友帮忙买到一张飞机票让她匆匆地再去成都，为了在老家生孩子有人照料，但是后来因为别的事情（有人说可以弄到长江船上两个铺位，我梦想我们一起回上海，就把她叫回来了。我和她同到船上去看了铺位，那样小的地方我们躺下去都没有办法，只好将铺位让给别的朋友），她还是回到重庆。我的女儿就是在重庆宽仁医院出世的。我续写《寒夜》是在萧珊第二次去成都的时候，那些日子书印不出来、书没有人要，出版社里无事可做，有时我也为交通工具奔走，空下来便关在小房间里写文章，或者翻译王尔德的童话。

我写《寒夜》，可以说我在作品中生活，汪文宣仿佛就是与我们住在同样的大楼，走过同样的街道，听着同样的市声，接触同样的人物。银行、咖啡店、电影院、书店……我都熟悉。我每天总要在民国路一带来来去去走好几遍，边走边思索，我在回想八年中间的生活，然后又想起最近在我周围发生的事情。我感到了幻灭，我感到了寂寞。回到小屋里我像若干年前写《灭亡》那样借纸笔倾吐我的感情。汪文宣就这样在我的小说中活下去，他的妻子曾树生也出来了，他的母亲也出现了。我最初在曾树生的身上看见一位朋友太太的影子，后来我写下去就看到了更多的人，其中也有萧珊。所以我并不认为她不是好人，我去年写第四篇"回忆"时还说："我同情她和同情她的丈夫一样。"

我写《寒夜》也和写《灭亡》一样，时

写时辍。事情多了，我就把小说放在一边。朗西有一个亲戚在上海办了一份《环球》画报，已经出了两三期，朗西回到上海便替画报组稿，要我为它写连载小说，我把现成的那一叠原稿交了给他。小说在画报上刊出了两次，画报就停刊了，我也没有再写下去。直到这年六月我第二次回上海见到健吾，他提起我的小说，我把已写好的八章重读一遍，过几天给他送了去。《寒夜》这样就在八月份的《文艺复兴》二卷一期开始连载了。

《寒夜》在《文艺复兴》上一共刊出了六期，到一九四七年一月出版的二卷六期刊载完毕。我住在霞飞坊（淮海坊），刊物的助理编辑阿湛每个月到我家来取稿一次。最后的《尾声》是在一九四六年十二月三十一日写成。一月份的刊物说是一月一日出版，其实脱期是经常的事。我并没有同时写别的作品，但是我在翻译薇娜·妃格念尔的回忆录《狱中二十年》。我还在文化生活出版社担任义务总编辑兼校对，因此在“文化大革命”中我曾被当作资本家批斗过一次，就像我因为写过《家》给当作地主批斗过那样。我感到抱歉的是我的校对工作做得特别草率，在我看过校样的那些书中，人们发现不少的错字。

《寒夜》写一九四四年冬季到一九四五年年底一个重庆小职员的生活。那一段时期我在重庆，而且就生活在故事发生和发展的那个地区。后来我在上海续写小说，一拿起笔我也会进入《寒夜》里的世界，我生活在回忆里，仿佛在挖自己的心。我写小说是在战斗。我曾经想对我大哥和三哥有所帮助，可是大哥因破产后无法还债服毒自杀；三哥在上海患病无钱住院治疗，等到我四五年十一月赶回上海设法送他进医院，他已经垂危，分别五年后相处不到三个星期。他也患肺病，不过他大概死于身心衰竭，不像汪文宣死得那样痛苦。但是他在日军侵占“孤岛”后那几年集中营似的生活实在太苦了。没有能帮忙他离开上海，我感到内疚。我们在成都老家时他的性格比我的坚强、乐观，后来离开四川，他念书比我有成绩。但是生活亏待了他，把他的锐气和豪气磨得干干净净。他去世时只有四十岁，是一个中学英文教员，不曾结过婚，也没有女朋友，只有不少的学生，还留下几本译稿。我葬了他又赶回重庆去，因为萧珊在那里等着孩子出世。

回到重庆我又度过多少的寒夜。摇晃的电石灯，凄凉的人影，街头的小摊，人们的诉苦……这一切在我的脑子里多么鲜明。小说《尾声》的最后一部份就是根据我当时的一篇散文改写的。小说的主要部份，小说的六分之五都是在一九四六年下半年写成的。我的确有这样一种感觉：我钻进了小说里面生活下去，死去的亲人交替地来找我，我和他们混合在一起。汪文宣的思想，他看事物的眼光对我并不是陌生的，这里有我那几位亲友，也有我自己。汪文宣同他的妻子寂寞地打桥牌，就是在我同萧珊之间发生过的事情。写《寒夜》的时候我经常想：要不是我过去写了那一大堆小说，那么从桂林逃出来，到书店做个校对，万一原来患过的肺病复发，我一定会落到汪文宣的下场。我还有一个朋友散文作家缪崇群，他出版过几个集子，长期患着肺病，那时期在官方书店正中书局工作，住在北碚，一九四五年一月病死在医院里，据说他生病躺在宿舍里连一口水也喝不到，在医院断气时也无人在场。他也是一个汪文宣。我写汪文宣，绝不是揭发他的妻子，也不是揭发他的母亲，我对这三个主角全同情。要是换一个社会，换一个制度，他们会过得很好。使他们如此受苦的是那个不合理的旧社会制度。生活这样苦，环境这样坏，纠纷就多起来了。我写《寒夜》就是控诉旧社会，控诉旧制度。

这些年我常说，《寒夜》是一本悲观、绝望的小说。小说在《文艺复兴》上连载的时候，最后的一句是“夜的确太冷了”。后来出版单行本，我便在后面加上一句：“她需要温暖。”意义并未改变。其实说悲观绝望只是一个方面。我当时的想法自己并未忘记，也永远不会忘记。我虽然为我那种“忧郁感伤的调子”受够批评，自己也主动作过检讨，但是我发表《寒夜》明明是在宣判旧社会、旧制度的死刑。我指出蒋介石国民党的统治已经彻底溃烂，不能再继续下去。旧的灭亡，新的诞生；黑暗过去，黎明到来。奇怪的是只有在小说日文译本的书带上才有人指出这是一本充满希望的书。有一位西德女学生在研究我这本作品准备写论文，写信来问我："从今天的立场来看你会不会把几个主角描写修改（比方汪文宣的性格不那么懦弱的，树生不那么严肃的，母亲不那么落后的）？"（原文）我想回答她："我不打算修改。"过去我已经改了两次，就是在一九四七年排印《寒夜》单行本的时候和一九六〇年编印《文集》最后两卷的时候。我本来想把《寒夜》和《憩园》、《第四病室》放在一起编成一集，但是在出版社担任编辑的朋友认为这样做，篇幅过多，不便装订，我才决定多编一册，将《寒夜》抽出，同正在写作中的《谈自己的创作》编在一起。因此第十四卷出版最迟，到一九六二年八月才印出来，印数不过几千册。那个时候文艺界的斗争很尖锐，又很复杂，我常常感觉到“拔白旗”的大棒一直在我背后高高举着，我不能说我不害怕，我有时也很小心，但是一旦动了感情健忘病又会发作，什么都不在乎了。一九六二年我在上海二次文代会上的发言就是这样“出笼”[①]的。我为这篇发言在十年浩劫中吃够了苦头，自己也作过多次的检查。现在回想那篇发言的内容，不过是讲了一些寻常的话，不会比我在十四卷《文集》中所讲的超过多少。我在一九六〇年写的《文集》第十三卷的《后记》中谈到《憩园》和《第四病室》(也附带谈到《寒夜》)时，就用了自我批评的调子。我甚至说：“有人批评我‘同情主人公，怜悯他们，为他们愤怒，可是并没有给这些

① “出笼”：“四人帮”时期流行的用语。

受生活压迫走进了可怕的绝路的人指一条出路。没有一个主人公站起来为改造生活而斗争过’。我没法反驳他。”

我太小心谨慎了。为什么不能反驳呢？多年来我一直在想，法庭审判一个罪人，有人证物证，有受害者、有死尸，说明被告罪大恶极，最后判处死刑，难道这样审判并不合法，必须受害者出来把被告乱打一顿、痛骂一通或者向“青天大老爷”三呼万岁才算正确？我控诉旧社会，宣判旧制度的死刑，作为作家我有这个权利，也有责任。写《寒夜》时我就是这样想，也就是这样做的。我恨那个制度，蔑视那个制度。我只有一个坚定的思想：它一定要灭亡。有什么理由责备那些小人物不站起来“斗争”？我国的知识分子从来就是十分善良，只要能活下去，他们就愿意工作。然而汪文宣在当时那种政治的和社会的条件下，要活下去也不能够。

关于《寒夜》我不想再说什么，其实也不需要多说了。我去年六月在北京开会，空闲时候重读了收在《文集》十四卷中的《寒夜》。我喜欢这本小说，我更喜欢收在《文集》里的这个修改本。我给憋得太难受了，我要讲一句真话：它不是悲观的书，它是一本希望的作品，黑暗消散不正是为了迎接黎明！“回忆”第四篇是在北京的招待所里写成的，文章中我曾提到“一九六〇年尾在成都学道街一座小楼上修改这小说的情景”，那时的生活我不但没有忘记，而且对我显得十分亲切。由于朋友李宗林的安排，我得到特殊的照顾，一个人安静地住在那座小楼上写文章。我在那间阳光照得到的楼房里写了好几个短篇和一本成为废品的中篇小说。在那三个月的安适生活中，我也先后校改了三本小说的校样，最后一本便是《寒夜》。

校改《寒夜》时我的心并不平静。那是在所谓“三年自然灾害”的时期，我作为一个客人住在小楼上，不会缺少什么。但周围的事情我也略知一二。例如挂在街上什么地方的“本日供应蔬菜”的牌子，我有时也看到，几次都是供应“凉粉”若干。有一天我刚刚走出大门，看见一个人拿着一个菜碗，里面盛了一块白凉粉，他对旁边一个熟人说：“就这样一点点。”

就在供应如此紧张的时候，我的表哥病倒了。这位表哥就是我一九三二年在《家庭的环境》中提到的“香表哥”，也就是《家》的十版代序《给我的一个表哥》的收信人。我学英语，他是我的启蒙老师。在我一九二〇年秋季考进成都外国语专门学校补习班以前，他给过我不少的帮助。可是后来在他困难的时期我却不能给他任何的支持。一九五六年十二月我回成都，他在灌县都江堰工作，不曾见到他。一九六〇年我再去成都，看望姑母，他刚刚退职回家，我们同到公园喝过茶。过了些时候我再去姑母家，表哥在生病，桌上放了满满一杯药汁。他的声音本来有点哑，这时厉害了些，他说医生讲他“肝火旺”，不要紧。后来我的侄儿告诉我，在医院遇见我表哥，怀疑表哥患肺结核，劝他住院治疗，他不愿意，而且住院也有困难。以后听说表哥住到城外他儿子的宿舍里去了，我让我一个侄女去看过他。病象越来越显著，又得不到营养品，他儿子设法买一点罐头，说是他想吃面，我叫侄女骑车送些挂面去。没有交通工具，我说要去看他，却又怕麻烦，一天推一天。听说他很痛苦，声音全哑了，和汪文宣病得一样，我没有想到他那么快就闭上了眼睛。有一天我一个堂兄弟来告诉我，表哥死了，已经火化了。没有葬仪，没有追悼会，那个时候人们只能够这样简单地告别死者。可是我永远失去了同表哥见面的机会。只有在知道他的遗体火化之后，我才感觉到有许多话要对他说！说什么呢？对大哥和香表哥，我有多少的感激和歉意啊！没有他们，我这个不懂事的孩子能够像今天这样地活下去吗？

堂兄弟还对我说，他去看过姑母。姑母很气愤，她感到不公平。她一生吃够了苦，过了八十岁，还看见儿子这样悲惨地死去，她想不通。堂兄弟还说，表哥的退职费只花去一小部份，火葬也花不了什么钱。表哥死后我没有敢去看姑母，我想不出安慰她的话。我不敢面对现实，只好逃避。不多久我因为别的任务赶回上海，动身前也没有去姑母家，不到半年我就得到她老人家逝世的噩耗。在成都没有同她母子告别，我总觉得欠了一笔偿不清的感情的债。我每次翻读《寒夜》的最后一章，母亲陪伴儿子的凄凉情景像无数根手指甲用力地搔痛我的心。我仿佛听见了儿子断气前的无声哀叫："让我死吧，我受不了这种痛苦。"我说，不管想得通想不通，知识分子长时期的悲剧必须终止了。

我先把《寒夜》的校样寄回北京人民文学出版社，然后搭火车回上海，李宗林送我上车。这次回成都得到他的帮助不少，以后在北京出席全国人民代表大会，也经常同他见面。他曾在新疆盛世才监狱中受尽苦刑，身上还留着伤痕和后遗症。一九六四年尾在北京人大会堂最后一次看见他，他神情沮丧、步履艰难，我无法同他多谈。当时康生、江青之流十分活跃，好些人受到了批判，我估计他也会遇到麻烦，但绝对没有想到过不了几年他就在“文化大革命”初期受尽侮辱给迫害致死。两年前我得到通知在成都开追悼会为他平反雪冤。我打电话托人代我献了一个花圈，这就是我对一个敬爱的友人所能表示的一点心意了。我是一个无神论者。我绝不相信神和鬼。但是在结束这篇“回忆”时，我真希望有神，有鬼。祝愿宗林同志的灵魂得到安宁。也祝愿我姑母和表哥的灵魂得到安宁。

《创作回忆录》到这里结束。我写这十一篇“回忆”，并没有“扬名后世”的意思，发表它们也无非回答读者的问题，给研究我的作品或者准备批判它们的人提供一点材料。但我究竟是个活人，我有种种新的活动，要我停止活动整天回忆过去或者让别人来“抢救材料”，很难办到。别的人恐怕也是这样。

但搜集资料却也是重要的事。我们过去太轻视这一类的工作，甚至经常毁弃资料。在“文化大革命”中不少有关我国现代文学的重要资料化成灰烬。我听说日本东京有一所“近代文学馆”，是作家们自己办起来的。我多么羡慕日本的作家。我建议中国作家协会负起责任来创办一所中国现代文学馆，让作家们尽自己的力量帮助它完成和发展。倘使我能够在北京看到这样一所资料馆，这将是我晚年的莫大幸福，我愿意尽最大的努力促成它的出现，这个工作比写五本、十本《创作回忆录》更有意义。

1980年12月27日。

巴金散文系列

巴金故居策划

感想集

黑土集

龙·虎·狗

废园外

怀念集

★ 静夜的悲剧

华沙城的节日

生活在英雄们的中间

保卫和平的人们

谈契诃夫

责任编辑　怀志霄

装帧设计　蔡立国

ISBN 978-7-5474-4228-9

9 787547 442289 >

定价：32.00 元